CB130292

GUILHERME GIUGLIANI

CONTO DE UM HOMEM SÓ

GUILHERME GIUGLIANI

CONTO DE UM HOMEM SÓ

Porto Alegre, 2025

Libretos

Edição e design gráfico
Clô Barcellos

Capa/ilustrações
Lustreart, Ukraine – 123RF

Revisão
Beto Arreguy

Grafia segue Acordo Ortográfico da Língua Portuguesa de 1990, adotado no Brasil em 2009

Dados Internacionais de Catalogação na Publicação
Bibliotecária Daiane Schramm – CRB-10/1881

G537c Giugliani, Guilherme
Conto de um homem só. / Guilherme Giugliani.
– Porto Alegre: Libretos, 2025.
104p.; 14x21cm
ISBN 978-85-5549-071-2
1. Literatura. 2. Contos. 3. Coletânea. I. Título.
CDD B869.3
CDU 82-92

Catálogo sistemático
Contos: CDD B869.3

Já não concebo minha vida além de
uma cadeia de mortes sucessivas.
Arrasto atrás de mim os cadáveres
de todas as minhas esperanças,
de todas as minhas vocações perdidas.
Um advogado sem diploma,
um professor sem cátedra,
um jornalista mudo, um boêmio
medíocre, um editor obscuro e,
quase, um escritor fracassado.
Noite de grande pessimismo.

JULIO RAMÓN RIBEYRO,
A tentação do fracasso

SUMÁRIO

A QUEDA DE KAMCHATKA

"Pai, por que você tá chorando?"

"Porque o filme é muito bonito, filho." Enxugou as lágrimas com a palma da mão. "Você não achou?"

"Sim, achei também. Mas eu não fiquei triste porque depois os pais vão voltar." Houve um breve silêncio; o menino então perguntou: "Não vão?"

"Claro que sim."

O homem desligou a televisão e foi até a janela. Com o dedo, baixou a persiana e viu que a noite já caíra sobre a cidade. Mais um dia de espera se foi, pensou.

"Pai, como é mesmo o nome daquele lugar?"

"Kamchatka."

O homem ainda mirava a cidade iluminada, os carros passando lá embaixo, a vida que seguia seu curso.

"E você me leva até lá?", quis saber o menino.

O pai sorriu pela primeira vez.

"Mas eu não posso." Sentou-se na borda da cama do filho. "Agora você precisa ficar bom, e depois vai voltar pra escola."

"E nas férias?"

"Nas férias, sim, a gente pode ver isso."

O pai fez um carinho no braço do filho. Ambos se encararam por um breve momento. De repente, a criança baixou o rosto e começou a chorar.

"O que foi? Tá sentindo dor?"

"E se eu morrer antes das férias, pai?"

"Que bobagem é essa agora?"

"Meninos não morrem?"

"Claro que não." O pai segurou com as duas mãos o rosto do filho. "Escute aqui, você não vai morrer, entendeu?"

Eles se abraçaram.

"Você não está me mentindo, né?", sussurrou o menino.

"E eu já menti alguma vez pra você?"

O cheiro do filho lembrou-lhe os muitos veraneios na praia, as vezes em que o levava para o fundo do mar. Sempre recordava a ele que o mar era como a vida, uma hora estava calmo e depois vinham as ondas e o repuxo e daqui a pouco se aquietava outra vez. *Me segure, pai*. Apertava a criança de encontro ao peito. *Eu tô aqui, não vou soltar você*. Tudo dependia dele, de sua destreza, de seu sangue-frio. Era felicidade demais, não podia durar para sempre. Por isso o pai era constantemente atacado por pensamentos trágicos, como se, mais cedo ou mais tarde, essa conta tivesse que ser paga.

"Pai, onde fica Kam... Como se chama mesmo?"

"Kamchatka."

"Isso. Onde fica Kamchatka?"

"É lá na Rússia, filho."

"E dá pra ir num dia?"

"Num dia acho que não, mas a gente chega."

O pai sentou-se na poltrona do quarto e percebeu o quão cansado estava pelas noites maldormidas, os problemas no trabalho, a espera sem fim. Cansado por jogar um jogo sem sequer ter sido convidado, um jogo em que não via muita chance de ganhar. Fechou a mão esquerda, que ainda doía, e foi como se viesse novamente o desejo de dar um soco na parede, do jeito que fizera mais cedo.

"Por que o garoto nunca consegue conquistar Kamchatka?"

"Porque o pai botou todas as fichas em Kamchatka, você lembra?"

"Sim, mas ele tinha perdido os outros territórios. Era só o que tinha sobrado pra ele."

O homem deu um longo suspiro.

"Quando a gente quer muito uma coisa, a gente coloca todas as fichas lá. Aí consegue", disse e na mesma hora baixou os olhos. "Entende?"

"Sim." A criança ficou por um momento pensativa. "Mas acho que é também porque o pai dele teve muita sorte."

"Ou então Kamchatka é imbatível."

Os dois se olharam e sorriram.

"E por que que no nosso War não tem Kamchatka?"

"Não sei, filho. Devia ter, né?"

"Sim."

"E se eu montasse um tabuleiro novo?"

"Mas você consegue, pai?"

"Deixe comigo."

Na parede acima da cama, havia um pôster de campeão do time de futebol do menino. O pai o havia comprado no dia da decisão, mas o time perdera o jogo e o campeonato. O filho jamais ficaria sabendo daquilo. Aproximou-se dele e deu um longo beijo em sua cabeça raspada.

"Como você tá? A sua testa tá quente."

"Tô meio enjoado, pai."

"Espere um pouco que eu vou chamar a enfermeira."

Na porta, ainda pôde ouvir a pergunta do garoto.

"E quando você vai trazer o tabuleiro novo?"

"Amanhã, filho. Amanhã."

DOIS

Só me dei conta da presença dele naquela ponte quando já nos encontrávamos a pouca distância um do outro. Estaquei. Ainda não tinha me visto, pois estava de costas para mim, segurando a barra da ponte apenas com um dos braços, prestes a pular. Chovia na hora (não era uma chuva muito forte, mas serena e constante). "Ei", foi o grito que me saiu. Ele se virou no mesmo instante, assustado, limpando com força e rapidez o rosto molhado a fim de enxergar melhor. Olhamo-nos por breves segundos, eu parado, de guarda-chuva, ele agora com ambas as mãos apoiadas no parapeito. "O que tá fazendo aí?", perguntei, na falta de algo melhor. Não houve resposta. "Vamos embora, deixa eu te ajudar." E dei alguns passos em sua direção. Foi aí que ele falou pela primeira vez: "Não chega perto". E logo fez sinal, com uma das mãos, para que eu parasse, tal qual um guarda de trânsito em meio ao tráfego. Obedeci. Notei que ele piscava os olhos freneticamente, na certa por causa da chuva ininterrupta. Trocava, a todo instante, o braço que o prendia à barra, à ponte, à vida. Endireitara o corpo, de forma que agora se encontrava de costas para o rio. Um deslize e tchau. Virava o pescoço e dava uma olhada para baixo e limpava a cara e olhava o escuro do rio de novo. Ele tinha um estilo agitado, de pássaro. Eu, pressentindo o que viria, comecei a me arrepender por ter saído àquela hora da noite. Quis somente dar uma volta, espairecer um pouco, organizar as ideias, preencher a ausência dela. Devia era ter ficado em casa, sem a chance de fazer mal a alguém, de me machucar. "Vai embora", disse ele, elevando a voz. O que será que o fez chegar a esse ponto?, comecei a pensar. Perdeu a fortuna ou o trabalho? Um amor que se foi? Uma doença da qual não tinha saída? Se soubesse algo da vida dele, talvez pudesse persuadi-lo a desistir, achar um bom motivo que o fizesse parar. Mas eu era um náufrago batendo inutilmente na água, sem nenhuma tábua por perto. Então me vi ali, parado, com o guarda-chuva na mão, sem nada para dizer. O reflexo das luzes da ponte brilhava no asfalto molhado. Era para ser apenas uma mera caminhada, nada mais. Àquela hora, naquele fim de mundo, dificilmente passaria um carro. Respirei fundo, mas não arredei pé. "Tu quer mesmo te jogar?" Mas que tipo de pergunta era essa? Será que eu buscava ganhar tempo? Ganhar tempo uma ova. Agora eu só queria que terminasse logo, de um jeito ou de outro. Porque a verdade é que eu já estava envolvido naquilo até a medula, e isso começou a me irritar. Não dava mais para simplesmente pegar o rumo de casa, voltar a dormir, fazer de conta que não era comigo e afastar a imagem da cabeça como se fosse sombra, sono, sonho. Não mais. "Te atira logo então e deixa eu voltar em paz pra casa", foi o que me deu vontade de falar. Pensando bem, na certa nem ele mesmo estava convicto, já que todo mundo que se atira de uma ponte, no fundo, tem alguma esperança de se safar. Por que não a forca? Ou um tiro na cabeça? Por acaso ele quer que resgatem seu corpo jovem arrastado pelas águas, como se fosse o último ato de coragem e nobreza? E se for um suicida incompetente e sair todo arrebentado, mas vivo dessa? Será que ele conhecia a história de Gauguin e de seu suicídio fracassado? "Vem aqui que eu te ajudo, se tu quer fazer isso direito. Patético", tive vontade de gritar na cara dele, no meio da noite e da chuva. Porque, apesar de todo mundo, em algum momento da vida, por um brevíssimo instante que fosse, ter pensado em se matar, não é tão fácil assim de conseguir. É preciso sorte e talento. A chuva se intensificou um pouco. Comecei então a temer pelo meu silêncio. E se ele estivesse, bem lá no fundo, justamente esperando que eu dissesse algo que o demovesse daquilo? Mas e se eu dissesse as palavras erradas e então não fosse o bastante para salvá-lo? Comecei a pulsar de ansiedade, raiva, indecisão. "Peraí, vamos conversar", continuei com minha psicologia de quinta, me sentindo tão inútil como a luz de um poste em pleno dia. A verdade é que já estava ficando irritado com aquele cara (muito parecido comigo, por sinal). Ele tinha me colocado numa bela encrenca. De repente, gritou: "Aquela maldita". Ah, eu sabia. Sempre tem um rabo de saia no meio. E o grito me trouxe a lembrança dela, como um clarão, um relâmpago no meio de uma noite escura. "São todas umas desgraçadas", tomei coragem e devolvi. Olhou-me longamente, como se esperasse mais. Só que não veio mais. Então foi ele quem falou: "Por que ela nunca voltou?" Fiquei boquiaberto, estupidamente boquiaberto, parado, de guarda-chuva na mão. Porra, é exatamente a minha história. Agora eu tinha um trunfo, um caminho a explorar. E então a lembrança de Sabrina veio como uma enxurrada, larga, volumosa, incontrolável. Os gritos, o choro, o adeus. A saudade. Desde aquele dia, eu era não mais que uma sombra caída. Como podia dizer ao homem da ponte que esses golpes eram assim mesmo, que a gente tinha que se comportar como cachorro surrado e aprender a lição, deixando os dias deslizarem por nós enquanto sentíamos um amortecimento, uma impotência sem tamanho nos dominar? De repente, pareceu que tudo aquilo já tinha acontecido, que era somente uma espécie de certeza relembrada. Ah, que acabe de uma vez. Comecei a atravessar a ponte com passos resolutos, fingindo que não havia mais ninguém ali, sem hesitar, por um instante que fosse. Que ele se esborrachasse então, se era realmente seu desejo. Precisava seguir e seguir, imaginar que ela ainda estava por aqui, me cansar, esquecer. Coloquei toda minha esperança, minha vida não mãos dele. Mas não olhei para trás. Apenas agucei o ouvido para ouvir o barulho. Se tivesse sorte o bastante, jamais voltaria para casa.

O BARBEIRO

"Fazia um tempo que você não vinha aqui."

"Sim, mas pelo visto será a última. Que bela espelunca essa, hein?"

"O que você vai querer pra hoje?"

"Me chame de senhor, meu rapaz. Você nem me conhece direito."

O jovem fecha a porta (o velho não parece perceber, mas ele a tranca). O som não é dos melhores. Tento ouvir por cima de uns barulhos esquisitos. Uma hora lembra o uivo do vento, depois parece um carro passando. Pelo menos o ventilador é silencioso. Mas tem um crepitar igual a sal no fogo, a alguém estourando as bolhas de um saco plástico. Ponho os fones e aumento o volume o máximo que dá para não perder uma palavra sequer. De vez em quando preciso voltar a fita uma, duas, dez vezes e, mesmo assim, algo me escapa. A imagem também falha: treme e corta constantemente, como um filme danificado. Mas é nos diálogos que busco me concentrar.

"Hoje não deu tempo de ir no meu barbeiro. Maldita reunião."

"O senhor trabalha por aqui?"

"Na rua de cima."

Até que o sujeito disfarça bem; o velho parece nem desconfiar. Ele, o jovem, agora fala algo sobre fechar a janela e acender a luz, só que as bolhas estouram bem na hora e eu não consigo transcrever toda a frase. Deve ser uma desculpa do tipo "tá muito quente", "o sol vai bater no senhor", "com esse calor não dá pra trabalhar".

"E o que vai ser? Barba e cabelo?"

"Só a barba."

"Sente-se, por favor."

Cruzo de vez em quando com esse barbeiro na rua. A gente se cumprimenta tocando o chapéu e segue em frente. Não sou daqui e nunca fui muito de puxar assunto com ninguém. Na maior parte do tempo, só escuto a cidade falar. E ela fala um bocado, e de todos, usando as palavras como quem usa o ar para respirar, renovando os personagens, os episódios a cada tragada e depois a cada soltura. Nos dias frios, inclusive, ela exala vapor com a respiração, sem parar, como se estivesse mesmo fumando. Um organismo vivo, gigantesco, implacável. O que se diz do barbeiro é que ele é o filho da puta. Literalmente.

Quando o homem está recostado na cadeira, o jovem pega um pano com éter, aproxima-se da câmera e olha detidamente para ela. Vejo então, ou presumo ver, um leve sorriso de triunfo, quem sabe de alívio. O velho resiste, mas não por muito tempo. O barbeiro é extremamente ágil e competente. Ele sabe que todo o resto depende desse primeiro e decisivo movimento. A imagem segue tremendo de vez em quando, mas dá para notar, sem muito esforço, que o rapaz amarra os braços do cliente desmaiado junto à cadeira e, logo em seguida, passa uma corda pelas pernas dele. Depois disso – sempre assoviando com o maior descaramento – separa os itens de trabalho em uma mesinha, senta, prende um pequeno microfone na camisa (ele pensou em tudo mesmo, para que então alguém, no caso eu, viesse e registrasse a conversa) e espera. Após uns minutos, começa a dar tapinhas no rosto do velho, que resmunga palavras tortas, engasgadas. O outro o interrompe.

"Eu sabia que um dia o senhor ia acabar reaparecendo."

"Quem é você?"

"O senhor não lembra? Tem certeza? Vamos, faça um esforço."

Nessa hora, mesmo já tendo visto o vídeo dezenas de vezes, prendo a respiração e observo os dois homens que se encaram, imagino o jogo dos olhos: uns que ainda tentam acordar, que buscam, que escrutam; os outros injetados de ódio, orgulho e triunfo.

"Suzy do Porto ou, como se dizia, o maior e melhor rabo da cidade. Pois sou o filho dela."

O jovem se levanta, molha uma toalha, volta para junto do velho. Este começa a gritar por socorro, a mexer freneticamente a cabeça toda vez que o barbeiro tenta aproximar a toalha de seu rosto.

"Não adianta espernear. Revesti as paredes e vedei tudo. Você vai se desgastar à toa."

O som agora é bem mais claro; mesmo aquele barulho no fundo que não dá para identificar e as bolhas que estouram com uma regularidade irritante são abafados pelo microfone.

"Você vai me pagar caro. O que eu tenho a ver com tudo isso?"

"E pensar que eu esperei dezesseis anos por esse dia."

Levanta-se novamente e passa uma corda na altura da testa a fim de imobilizar ao máximo sua cabeça.

"Já que o senhor não coopera."

Deixa uma toalha no rosto e no pescoço do homem amarrado à cadeira.

"Lembra da noite que o senhor matou o meu pai de criação?"

"Meu rapaz, me solte e vamos conversar. Você deve tá me confundindo com outro sujeito."

A câmera só capta o plano geral da sala, mas posso escutar a respiração apressada do velho batendo no pequeno microfone.

"Sou filho do Santiago Abrantes."

O homem preso à cadeira parece se debater agora.

"O Santiago? Pois saiba que ele me devia uma fortuna. Coisa de jogo."

"Jogo, mulher ou política, não importa."

O jovem pega o pincel e começa a passar o creme no rosto do velho.

"Pois eu tava em casa naquele dia. Devia ter mandado os seus capangas olhar embaixo da cama."

Faço uma pausa, fecho os olhos e busco a cena em minha cabeça. Um garoto assustado, de bruços sob a cama, deformada pelo peso do corpo do morto, roçando as costas da criança, que ouve vozes, olha os pés e as sombras que vêm e vão pelo quarto. O sangue primeiro pinga do lençol para o chão e logo cai como um fio, constante e regular, tal qual a água da chuva escorrendo de uma canaleta. Dou de novo play no vídeo.

"Eu amava aquele homem. Ele me criou como um verdadeiro pai."

O barbeiro solta o pincel e pega a navalha.

"Como é o seu nome, rapaz?"

"Não importa."

"Escute, você não tinha nada que ver com a história, não sabe o que aconteceu. Deixe eu contar tudo e você vai entender."

A voz do velho treme que nem a imagem. Nunca pensei que um sujeito como ele um dia fosse implorar pela vida.

"A minha mãe morreu no sanatório. Louca de atar. Não venha me dizer que não sabe da história. Ironias da vida: enlouqueceu depois de ter virado a cabeça de metade desse lugar."

Aproxima a navalha do rosto do velho, que se debate com fúria. O barbeiro eleva a voz.

"Agora deixe eu fazer o meu trabalho. Isso só vai atrasar tudo."

"Por favor, não me mate."

O homem na cadeira segue tentando se desvencilhar das cordas, enquanto o outro o observa, a navalha parada a centímetros do rosto do velho.

"Se você continuar se mexendo, vai ser pior."

O jovem começa pelas bochechas, com movimentos de cima para baixo. Em intervalos regulares, limpa o instrumento em uma toalha posta na mesinha e segue seu trabalho. Fora a respiração, que ainda é apressada, o velho se acalma um pouco.

"Está com calor? Já termino."

Quase posso ver o suor que brota na testa do homem amarrado: aquela gota suspensa por um breve momento antes de descer pelos lados ou molhar a corda ou, quem sabe, cair em um dos olhos, ofuscando-lhe parcialmente a visão.

"Confie em mim. Modéstia à parte, sou bom nisso."

Imagino agora os olhos em fúria do barbeiro, como lascas de um vaso quebrado. Ele faz o bigode e depois começa a passar a navalha pelo pescoço e pelo queixo.

"O senhor matou o único homem que ficou com a minha mãe, que cuidou dela, seu desgraçado."

Diante dos grunhidos do velho, completa, baixando a voz:

"Mas agora só falta mais um pouquinho."

Que o rapaz chamasse-o para um duelo, como vejo a toda hora no cinema. Que eles se devorassem como fazem as aranhas confinadas num vidro. Seria mais justo, mais humano. Ele parece se concentrar muito na tarefa; alonga ao máximo a penitência do assassino. Ou é o contrário, e ele generosamente está concedendo ao homem alguns instantes a mais de existência?

O velho começa a gemer. O barbeiro então subitamente para o trabalho, pousa a navalha na mesinha, sem a soltar, e aproxima o ouvido da boca dele. Isso dura alguns bons segundos, tanto que, da primeira vez que vi o vídeo, achei que a fita tivesse travado. Mas nem o pequeno microfone capta com clareza suas palavras. É um som abafado, como se ele estivesse falando com a mão sobre a boca. Não sei se o que acontece depois fazia parte do plano ou não, mas o rapaz solta a navalha na mesinha, tira o restante de creme do velho e logo passa uma toalha úmida no rosto dele.

O barbeiro se afasta, dá algumas voltas pela sala e em seguida solta os braços, as pernas e por último desamarra a corda em volta da cabeça do homem. Este vai recobrando os movimentos com lentidão, desconfiado, o rosto se virando para o jovem tal qual uma coruja. Quando se ergue, sempre de olho no rapaz, dá três passos para trás com cautela e uma certa agilidade, como se o outro ainda tivesse a intenção de atacá-lo. Ficam por um tempo em silêncio.

"Quanto é?"

"Doze reais."

O velho mexe no bolso, saca uma nota e a atira na cadeira enquanto passa com rapidez pelo jovem.

"Fique com o troco."

O homem caminha e alisa a barba recém-feita.

Tenta abrir a porta, mas não consegue. Destranca-a e se vira para o barbeiro, que está parado no centro da sala.

"É melhor não encontrar você aqui quando eu voltar."

Por que o jovem não aproveitou a chance? Dentre tantas alternativas, o que o fez escolher justo aquela? Será que os poucos minutos em que teve o velho nas mãos, em que pôde, certamente, ver o terror nos olhos e nos poros dele, em que foi o senhor do destino de seu inimigo em uma sala abafada de um dia tórrido e pacato, foram suficientes para apaziguar dezesseis anos de sofrimento? Ouvi dizerem que é porque o velho emprenhou a Suzy do Porto e que o filho não foi capaz de matar o próprio pai. Mas quem vai saber? A cidade fala tanta coisa. Mexo meu café morno, pastoso e doce. Escuto, desde a pequena sala onde estou, o outro delegado chegar e vejo agora a claridade invadir aos poucos o espaço e projetar um pequeno jato de luz em uma das paredes. Ouço, junto com o barulho da fita, das bolhas estourando sem trégua, a rotina de meu colega: o molho de chaves atirado na mesa, a descarga, o som do rádio. Daqui a pouco ele baterá três vezes na porta, mesmo sabendo que ela está apenas encostada, e me avisará: "Já cheguei, Gutierrez, vá pra casa dormir."

Eu esfregarei os olhos irritados e me levantarei. Há três dias, minha vida é uma cena que corta e treme o tempo todo. O jovem sumiu logo depois que o velho se foi; o velho o persegue desde então. Tenho que achar o paradeiro deles a fim de poder terminar a história. Esfrego as mãos no rosto com força e me arrepio só de lembrar que preciso fazer a barba.

ONDE TU TÁ, BIANCA?

É inverno outra vez. Mas Bianca agora não está na praia. Faz frio dentro do prédio enorme, de paredes claras, altas e grossas. Por isso ela vai caminhar na grama, no sol. Gosta de andar descalça e, nessas ocasiões, sempre coloca seu vestido branco, muito longo. Viu-o numa revista, recortou a folha, pôs ela ao lado da cama e todo dia apontava o dedo e depois botava a mão no peito, até que a família deu permissão para comprar. Então Bianca fecha os olhos e ouve o roçar dele no gramado. Não se importa com os gritos de Soraia, a enfermeira, alertando-a de que vai sujar toda a roupa.

"E o que tu vai usar quando vierem te ver?"

Bianca corre para a sombra, fica rindo, escondida atrás de uma árvore, e tudo é frio e úmido e logo volta para o sol e corre com mais força ainda e só para no enorme portão de entrada. Seus braços muito brancos estão vermelhos e, na claridade, é possível ver, de perto, as marcas deixadas pelas injeções. Ela coloca as mãos na grade e fica assim, ofegante, olhando a rua vazia com indiferença, até que vem Soraia e a leva para dentro. Esse é um dos momentos de calmaria, mas às vezes, especialmente quando Bianca está deitada em sua cama, ela se lembra da praia, do vento, das ondas agitadas, do homem de barba. As mãos dele eram ágeis, fortes e tinham cheiro de peixe; já as dela apertavam inutilmente a areia fria e fofa da duna. Como apertam agora o lençol e a raiva sobe como água fervente e logo vêm os socos e os chutes no ar e os gritos e o médico e as enfermeiras já estão no quarto e a seguram e Soraia aplica uma injeção e Bianca fecha lentamente os olhos e tudo é calmo outra vez porque agora o homem de barba está indo embora.

Bianca não fala há quase um ano, comunica-se por gritos, gestos, olhares, silêncios. A cada duas semanas, recebe a visita da mãe e de Breno. Era com ele que estava saindo quando veio parar aqui.

"Te vejo tão triste toda vez que vem pra cá", diz a mãe de Bianca ao rapaz.

Breno, porém, nem pensa em deixar de ir, domingo sim, domingo não, e saber de sua namorada. Eles geralmente ficam sentados num banco próximo à entrada principal, Bianca come os chocolates que ele traz e que sabe que ela adora. Breno então conta histórias dos dois, lembra do cinema nos finais de semana, cita amigos mais próximos e fala dos lugares que conheceram juntos, na tentativa de que algo reative sua memória, faça-a reagir. Soraia e a mãe conversam a poucos metros dali. Ele quer pegar na mão dela, aquecer seus dedos, mas se contém, pois sabe que Bianca pode ter reações imprevisíveis. Procura ser cauteloso como quem entra numa igreja. Ela, por sua vez, segue comendo seu chocolate, impassível, ouvindo como quem ouve a chuva, observando os demais pacientes que andam para lá e para cá e que também recebem visitas.

"Por hoje tá bom, mocinha." Soraia a tira do banco. "Vamos dar tchau e lavar esse rosto."

Breno não se conforma, põe as mãos na cabeça, anda em círculos, dá um longo suspiro enquanto repara em Bianca entrando no prédio grande, imponente, com seu vestido longo, de braço dado com a enfermeira.

"Por que não tiramos a Bianca daqui? Tenho certeza que em casa, num lugar que ela conhece, ela vai voltar a ser a Bianca de sempre."

A senhora o abraça.

"Eu também me pergunto isso o tempo todo. Mas os médicos acham melhor que as coisas fiquem assim, pelo menos por enquanto."

"O que foi que eu fiz?"

A mãe de Bianca endireita o corpo novamente e encara o rapaz.

"Do que tu tá falando, Breno?"

"Da praia", responde abatido. "Eu devia ter ficado lá com a Bianca. Mas ela insistiu tanto pra eu não ir, falou que precisava se concentrar na tese e tudo mais."

"Como a gente podia prever uma coisa dessas?", diz a senhora, a mão pousada no ombro de Breno. "Não é culpa tua."

Ela não sabe se ele está saindo com alguém. Mas,

sobre isso, não pergunta nada. Ele também não faz nenhum comentário a respeito e a coisa morre aí.

"O que eu quero dizer é que tu pode seguir com a tua vida. Vem só se tu quiser", arremata a mãe antes de se afastar de Breno.

Bianca costuma carregar uma linda boneca de olhos grandes, cabelo preto com duas chuquinhas e um vestido branco de bolinhas vermelhas. De vez em quando há algumas tentativas para tirar o brinquedo dela, quem sabe trocá-lo por outra coisa, mas, toda vez que tentam fazer isso, Bianca grita, arranha-se, esperneia. Como gritou na véspera da operação, gritou tudo o que pôde no colo da mãe. Mais tarde sentiu-se culpada, assaltaram-na com frequência pesadelos com o filho morto. Então quando explicaram a história, Soraia entendeu por que Bianca andava muitas vezes para cima e para baixo daquele hospital enorme com as mãos nos ouvidos, procurando algo em toda parte, remexendo no lixo e nas pilhas de roupa suja.

"É o neném que não deixa a minha filha dormir em paz, chora o tempo todo dentro da cabeça dela", explica a mãe.

Até que deram a boneca para Bianca e ela se acalmou. Agora está novamente no quarto, embala a criança em seu colo, produz alguns sons que lembram uma canção, mas tudo é abrupto, desconexo, confuso.

"Canta, vamos, canta", incentiva Soraia, mas a enfermeira é expulsa aos berros do quarto.

A boneca também sofre as inconstâncias de Bianca. Quando a lembrança do pescador sobre ela é muito forte e recorrente, Bianca a repele, atira-a longe ou simplesmente a deixa em um canto qualquer. Em outras épocas, no entanto, não a perde de vista, lava com cuidado o vestido branco de bolinhas vermelhas e depois brinca com ela no sol enquanto espera a roupinha secar. Algumas vezes, Soraia surpreende a garota tentando tirar leite de seus próprios seios.

Na maior parte do tempo, a cabeça de Bianca (pelo efeito dos tranquilizantes) está numa espécie de desligamento do mundo externo. Sua mente não se fixa em nada concreto, a memória não retém muita coisa. O corpo delgado está relaxado. Às vezes, inclusive, Bianca dorme em pé que nem uma girafa. Mas de repente, algumas imagens, como a do pescador na praia numa tarde calma e ventosa de inverno, surgem com força e não lhe dão sossego. Umas se misturam às outras, criando um mundo de ódio e pavor. O homem que Bianca vê agora, no entanto, não é a figura do pescador, barbudo, de mãos grandes, que fedem a peixe. Ela enxerga Breno, embora já não saiba que este é o nome do rapaz, e sua memória conhece seu rosto liso, suas mãos delicadas, mesmo que depois as cenas (eles passeiam pela cidade, abraçam-se com desejo, riem alto) vão pouco a pouco perdendo o contorno e caindo no esquecimento. Foi na cama que Bianca contou toda a verdade, e naquela noite Breno prometeu que ninguém a machucaria de novo, mas isso também escapou da lembrança dela. Recorda, sim, o pescador e nessas horas já não é capaz de controlar o horror e o desespero e tem nova crise e grita e dá socos no ar e as enfermeiras lhe injetam mais e mais tranquilizantes para não lembrar, não sofrer.

Bianca chegou ao hospital nove meses atrás. Foi um pouco depois do aborto. Ela sempre tomava banho de porta aberta, sob a vigilância da mãe. Mas um dia, quando esta foi atender o telefone, voltou e viu a banheira, e a filha, num caldo de sangue. Nunca descobriu onde Bianca conseguira a gilete. Apenas chamou a ambulância e atravessaram a tarde e os carros e a chuva e os sinais. A garota jamais entendera por que, no capô, "ambulância" sempre se escrevia ao contrário. Como as imagens de sua curta vida que agora iam retrocedendo, frenéticas e confusas, enquanto o veículo disparava sob as águas de uma tormenta de verão. Voltou em alguns dias para casa, mas se fechou de tal forma em si mesma que a mãe nunca mais conseguiu puxá-la de volta. Andava distraída, indiferente, apagada. Parecia ouvir sem realmente entender e dizia frases sem nexo, cada dia menos, até que, finalmente, deixou de falar. Aliás, só se manifestava nos sonhos. Com frequência sua mãe atendia seus chamados e logo as perguntas pelo bebê, pedia que o trouxessem, pois ouvia seu choro e tinha que amamentá-lo.

"Tu lembra que sonhou com a criança essa noite?"

A garota, no entanto, apenas virava o rosto para a parede e dava a conversa por encerrada.

* * *

É mais um domingo de visita. Quando Soraia a vem buscar, Bianca está penteando a boneca com seriedade e cuidado. A enfermeira não apressa as coisas, apenas senta ao lado dela e espera. Nota que o brinquedo está um pouco brilhoso por causa dos esfregões constantes de Bianca. Também tem manchas de sol e alguns riscos de caneta. Depois de penteada, ganha novamente as duas chuquinhas.

"Estão lindas", diz Soraia, sorri e beija sua paciente no rosto.

No pátio, Breno a leva para uma caminhada. A mãe e a enfermeira ficam mais afastadas dessa vez. O vestido toca o gramado verde, recém-cortado. Ela vai comendo um chocolate. Bianca para um pouco adiante, e os dois se encaram. Antes (quase num outro tempo), quando isso acontecia, Bianca baixava o rosto, sem graça, e dizia *Não fica me olhando*. Agora seu semblante também se modifica, se esconde, mas ela não diz nada.

"Tu tá linda de cabelo preso", sussurra ele e sorri.

Breno repara nas marcas do braço e volta a ficar sério outra vez. Bianca parece não reagir às palavras do namorado, anda mais um pouco pela grama, observa o movimento das pessoas a sua volta e alisa os cabelos da boneca. Breno, desesperado, aproxima-se e põe as duas mãos no rosto dela.

"Olha pra mim, olha pra mim", suplica. Bianca tem o rosto manchado de chocolate. "Tá na hora de voltar pra casa, não acha?"

Contrariada, afasta as mãos dele e vai embora. Mas Breno a alcança e a segura novamente, dessa vez com força.

"Onde tu tá, Bianca?", ele grita.

A garota o encara intrigada, depois volta para onde Soraia e a mãe se encontram, enlaça seu braço no da enfermeira, segura com firmeza a boneca e entra no prédio.

COLUNA DO MEIO

"Quer dizer que finalmente esse é o bilhete premiado?", sussurrou a mulher, e logo mordeu e passou a ponta da língua na orelha dele.

"Sim, meu bem", respondeu o homem, aproximando o pedaço de papel de seu rosto e analisando, mais uma vez, a sequência de jogos contida na folha. "Talvez a gente tenha que dividir o prêmio com alguém, mas mesmo assim vai sobrar dinheiro suficiente pra levar você pra Europa."

A mulher manteve-se calada. Ele sentia agora a respiração morna no pescoço, seus dedos longos lhe massageando o braço, e observava o próprio peito que se contraía e expandia, o brilho dos pelos molhados de suor.

"Isso se a sua mulher deixar", falou ela depois de um tempo e deslizou para fora da cama com agilidade.

O homem fingiu não ouvir, seguiu olhando com atenção o jogo feito naquela tarde. A mulher sentou em frente ao espelho e pegou seu estojo de maquiagem.

"Não tem como não levar essa", disse ele.

"Você já falou a mesma coisa outra vez, lembra?"

"Sim, mas agora é diferente, tá muito mais fácil. Espere que na segunda você vai ver."

Ela começou a passar base no rosto; ele largou cuidadosamente o bilhete na mesinha ao lado da cama, tomou um longo gole de espumante e ficou a observá-la, as mãos entrelaçadas sob a nuca, como sempre fazia. Após um suspiro de satisfação, o homem disse:

"Enquanto eu vou nos jogos, você fica batendo perna e comprando pela cidade." Fez uma rápida lista mental dos principais estádios do mundo. Ergueu o olhar e se viu no espelho do teto. "Vamos a Barcelona ou Madri? Que prefere, Messi ou CR7?"

"Que é isso?", retrucou ela sem interromper seu trabalho.

"Cristiano Ronaldo, meu bem", disse ele após uma sonora risada.

"Você fala como se já tivesse ganho."

"Meu bem, esse jogo tá no papo." Ergueu-se para apoiar as costas na parede. "Vamos lá, quero ver se você entende de futebol: Messi ou CR7?"

A mulher parou de se maquiar por um instante e olhou para o homem através do espelho.

"Vou de Messi", afirmou. "Me soa mais familiar."

Ela então pegou um corretivo e começou a passá-lo em volta dos olhos. "Hum, fazia tempo que eu não via você tão animadinho assim."

"E não é pra tanto?" Pegou novamente o bilhete da loteria e o sacudiu no ar. "Olhe aqui o motivo da minha alegria."

"Tomara que você ganhe mesmo. É o mínimo depois de uma úlcera e uma ponte de safena por causa do futebol."

"Não seja tão dramática."

"Aí a gente pode comemorar com isso aqui", disse ela e pegou umas algemas com pelúcia rosa que estavam ao lado de um catálogo.

Ele não falou nada, bebeu mais um pouco e seguiu absorto em seus jogos, mais especificamente na partida de número dez. Era o clássico da cidade. Seria disputado no domingo, no estádio de seu time. Mas, pela primeira vez, apostara no adversário, e ao ver aquele x na coluna dois, seu semblante ficou tenso. Sentia que estava traindo o grande amor de sua vida, uma devoção incondicional trazida desde os cinco, seis anos de idade. A culpa, no entanto, era daqueles dirigentes neófitos que achavam que o futebol era pura e simplesmente uma banca de negócios, que jogadores eram mercadorias como tênis, sabonete ou lençol, que saldar dívidas era mais importante que disputar títulos. Quando fora funcionário do clube, nunca estiveram em uma situação tão precária e ganhavam do rival em qualquer lugar e faziam frente inclusive aos gigantes da capital.

"Tive que jogar contra o meu próprio time, acredita?" Deu um longo suspiro, elevou a voz. "E logo no clássico, e na nossa casa."

"E depois a dramática sou eu."

A mulher já terminara de usar o corretivo e agora se virava a fim de encará-lo.

"Tem coisas muito mais importantes pra se preocupar do que com esse jogo estúpido."

"É o meu time", disse ele com energia. "Estou falando de metade desse lugar."

O homem lembrou-se da rivalidade das duas equipes da região. Seu clube era o verde, bem como a casa, o carro, a caneta marca-texto, a fitinha do Senhor do Bonfim presa no pulso. Recordou então a vez em que estivera na Europa e comprara uma camisa da Holanda, da mítica seleção de 74 do craque Johan Cruyff. Mas nunca usara e sabia que jamais usaria uma roupa laranja que remetesse ao rival. Ao rival que estava prestes a vencê-lo no domingo.

"Pra mim, é só um bando de pobre coitado correndo atrás de uma bola", falou a mulher, despertando-o de sua quase letargia.

"Toda a vez que eu olho pra esse bilhete", disse ele, "tenho certeza de que vou ganhar, só que ao mesmo tempo me dói ter que marcar esse maldito jogo dez."

"Quando você vai se dar conta de que o futebol não serve pra coisa nenhuma?"

"Você não sabe nada de paixão."

A mulher deteve seu olhar grave e perplexo no rosto dele por breves segundos e, calada, virou-se de novo para o espelho. Pegou um lápis e começou a retocar as sobrancelhas.

"Desculpe, não foi isso o que eu quis dizer."

"Já se passaram três anos, Fernando, três anos. E você sempre tem uma desculpa na ponta da língua, um pretexto pra tirar o corpo fora." Ela seguia seu trabalho com movimentos rápidos, decididos. "Primeiro foi o futebol, as viagens, o time que te consumia dia e noite. Depois vieram os filhos, que não tavam crescidos pra ficarem longe do pai. Agora é a doença da sogra. Você acha que eu sou o quê?"

"Mas é verdade, meu bem. Como posso deixar a minha mulher agora, justo agora que a mãe dela tá morrendo?" Sentou-se na borda da cama. "Ponha-se um instante no meu lugar. Você não faria o mesmo?"

"Eu já me coloquei no lugar de todo mundo. Mas por acaso você já se pôs no meu? Já?"

Então a mulher jogou o lápis na mesa e puxou um batom vermelho da bolsa. Ela respirava rápido agora. Reteve o braço na metade do caminho e ficou um tempo assim, imóvel, suspensa, de pernas cruzadas, os olhos estáticos como alguém que busca em algum lugar de seu ser uma palavra, uma lembrança. De repente, apontou o batom para ele e disse:

"Não me fale de paixão."

Voltou-se para o espelho e seguiu com sua maquiagem. Checou rapidamente o relógio do quarto: tinha pouco tempo antes de regressar ao trabalho. O homem, por sua vez, permanecia na cama e agora fumava. Ele pegou seu celular e pôs uma música. Era "Amor I love you".

"Perdi a conta de quantas vezes dançamos essa, meu bem. Lembra?"

Ela seguiu calada e, enquanto terminava de passar o batom, uma lágrima desceu por seu rosto, abrindo caminho no meio do pó. Levantou-se e arrancou com energia o telefone da mão dele.

"Tire essa droga de música."

Apertava as teclas com força e desespero, mas não conseguia desligar a canção. Exausta, jogou o aparelho na cama, sentou-se novamente no banco e pôs-se a chorar. As mãos tapavam-lhe o rosto, estragando a maquiagem. O homem pegou o telefone e parou a música. Ficaram em silêncio por um tempo, como dois estranhos.

"Quer um gole?"

Ele esticou a taça de espumante.

"Já não sou mais uma garotinha", disse com a voz trêmula, sem pegar a bebida. "Até quando você quer que eu espere?"

"Calma, meu bem. A gente vai dar um jeito."

"Tá muito difícil, se você quer saber."

"Eu nunca disse que seria fácil."

"Assim não dá mais", falou ela, quase num sussurro. Ergueu-se e começou a botar as coisas na bolsa de qualquer jeito. "Preciso sair daqui."

O homem notou sua cara manchada através do espelho.

"Você vai assim?", perguntou.

A mulher limpou o rosto com uma toalha.

"Eu me arrumo no caminho."

Quando passou ao lado da cama, ele pegou seu braço.

"Venha cá, fume um cigarro comigo."

Seu toque não era fraco; tampouco era firme. Ela se soltou e seguiu em direção à porta. Sem se virar, disse:

"Espero você no carro."

O homem ouviu o som do salto na escada e ficou observando a fumaça do cigarro se contorcer no ar parado do quarto. Olhou para cima e buscou-se novamente no espelho do teto, enquanto murmurava repetidas vezes, como uma espécie de mantra: "A gente vai dar um jeito."

ILHA MANUELA

Ele caminha apressado, decidido, para a pequena construção de madeira ao lado da casa. Está esbaforido. O guarda, que fuma distraidamente junto à porta, endireita o corpo quando o vê.

"Me dê esse cigarro."

Traga com força, sente a ardência na garganta, fica olhando a fumaça sumir no ar parado, morno e multicolorido do fim do dia.

"Abra a porta", ordena.

"Sim, Presidente", responde o guarda com pressa.

Já não é mais o líder máximo da ilha, mas se sente orgulhoso toda vez que alguém o trata como tal. O jovem tira, com as mãos um pouco trêmulas, o pesado cadeado. Ele estufa o peito, respira fundo, devolve o cigarro ao rapaz e entra.

Manuela está sentada na cama, a cabeça levemente inclinada. Não tem reação alguma com sua chegada, segue olhando para um ponto fixo e remoto no canto do quarto. Ele nota que nos últimos tempos seu quadril se alargou. "Tá que nem a anca de uma velha charuteira", pensa. O menino, de trás do fogão, avança com uma arma de brinquedo. Ele finge se assustar, põe a mão no peito e faz uma careta de dor.

"Ah, me acertou", geme. "Agora vou te pegar."

O menino dá uma risada e corre para junto da mãe. Senta na cama, a arminha pousada no colo, as pernas balançando no ar, velozes, frenéticas, desesperadas. Ele sente uma pontada de tristeza por saber que não verá seu crescimento, sua ascensão ao poder.

"Um dia você será um grande presidente, garoto."

"O garoto tem nome", intervém ela. "Chama-se Rodrigo."

Manuela o encara pela primeira vez. Seus grandes olhos estão opacos; sua pele, esmaecida. A expressão séria disfarça, mas não esconde, um enorme desamparo.

"Você tá doente?"

Ela dá de ombros.

A cama está desarrumada. Imediatamente recorda que Manuela, em outros tempos, sempre lhe dizia: "Cama desfeita, certeza do regresso."

Pega a criança e a ergue no ar.

"Se parece com você", ele diz.

Rodrigo busca os olhos de Manuela.

"Solte ele. Não vê que tá assustado?"

O menino começa a chorar. Então o devolve para a mãe, que o embala, beija sua cabeça, sussurra palavras de conforto. Rodrigo afunda o rosto no colo de Manuela, mas ainda se escuta o berreiro constante, abafado.

Ele se afasta dos dois, mas antes consegue sentir o cheiro da mulher, o cheiro de bolacha Maria que ela tem.

"Tá satisfeito agora?", grita. "Se afaste dele. Você é um monstro."

"Chega, Manuela."

"Lá fora eu tinha uma vida, uma família, eu tinha um namorado que me amava. E olhe o que fez comigo. Você não presta."

"Chega, tá bom?"

Aproxima-se dela outra vez. Ambos estão ofegantes. Ele nota umas mechas grisalhas em seu cabelo.

"Você tá ficando velha, tá gastando rápido. Logo, logo já não vai mais servir pra nada."

"Isso não é justo", diz Manuela, a voz fraca, quase sumida.

Eles se encaram de novo.

"Você é um covarde", continua. A voz ganha agora um novo sopro de vida. "Você me dá nojo."

"Cale a boca, vadia."

Ele lhe dá um tapa. O rosto dela fica suspenso por um instante, escondido pela vasta cabeleira negra. Rodrigo chora com mais força. O homem se afasta, meio tonto. Sente o peito dolorido. Senta-se na única cadeira do recinto. Ficam em silêncio por um tempo; aos poucos o menino também vai se aquietando. "Tá cada dia mais difícil", pensa e respira com pressa, com dificuldade. "Não vou durar muito mais tempo." Seu estado piorou bastante desde que deixou o poder. Definitivamente, não estava preparado para passar o bastão. As dores, as tosses, o muco, a falta de ar são diários e constantes. "Malditos pulmões." Ainda não havia decidido o que faria com Manuela. É o único assunto que precisa resolver. Lembra-se da conversa com Inácio, seu amigo de todas as horas, seu conselheiro político e sentimental. *O que vamos fazer com ela, Presidente? A moça é... é... é difícil de domar.* Fecha os olhos, mas mesmo assim Manuela vai e vem o tempo todo, ocupa-lhe os pensamentos; sua imagem dá voltas e mais voltas em sua cabeça, como insetos ao redor da luz. *Imagina se soltamos ela depois de todos esses anos, Presidente. Ela vai falar pelos cotovelos e a sua reputação, tudo o que você construiu vai pro ralo. Sua família estará liquidada para sempre. Para sempre.* Olha em volta. As paredes estão revestidas e a porta, vedada porque sabe que ela ia acabar fazendo – como efetivamente fez – muitos escândalos. *Por enquanto, Inácio, trate de cuidar da situação do garoto. Quero que um dia ele se torne um grande estadista.*

"Chamo um médico pra te examinar?"

Ela segue calada. Ele suspira e se levanta a fim de ir embora. Manuela o observa atenta, o corpo teso, como um animal pronto para dar o bote. Com a agilidade de sempre, ajeita o menino na cama e depois se ajoelha na frente do homem, cortando seu caminho.

"Por favor, me solte." Abraça as pernas dele. "Já faz quantos anos? Cinco, seis? Nem sei mais. Eu prometo ficar quietinha. A gente não vai falar nada, né, meu amor?"

Olha para Rodrigo, buscando sua aprovação, seu consentimento. O menino encara a mãe com seriedade. Não diz nada, apenas funga e limpa o rosto molhado com a palma da mão.

"Bem que eu queria que fosse tudo tão simples assim", diz o homem.

Ele se abaixa e tira lentamente os braços enroscados em suas pernas. Volta a respirar com pressa, volta a sentir o cheiro de Manuela, aquele cheiro de bolacha que ela tem e de que tanto gosta.

"Calma, calma, só mais um pouquinho de paciência", sussurra no ouvido da mulher. "Já tá quase no fim."

* * *

Quando acorda, o bilhete está na mesa de cabeceira, um papel grande dobrado em vários pedaços – para provocá-lo ainda nos resquícios do sono –, mas que contém uma única frase, escrita em uma caligrafia infantil: *Venha tomar café e domar a sua eguinha, Presidente.* Ele suspira, esfrega os olhos, abraça o travesseiro ao lado para sentir o cheiro de Manuela, aquele cheiro de bolacha Maria que fica por onde ela passa. Veste-se com pressa e disposição (até assovia de vez em quando). Com certeza hoje não irá ao Palácio de manhã. "Por que só fui encontrar você agora, no final de tudo?", interroga a si mesmo. Enquanto caminha em direção à cozinha, lembra-se de quando a conheceu, há poucos meses, na sede do governo. Ouviu pedaços de conversa em um dos corredores. Ao som de sua voz grave e pesada, as duas mulheres imediatamente se calaram. "Desculpe, Presidente, eu..." "Aqui não é lugar pra ficar de bate-papo, Esmeralda." A mais velha baixou a cabeça, mas a outra seguiu olhando para ele. O homem, paralisado, encarou aquela garota atrevida, de uns olhos vivos, enormes, escuros mas não negros. Sentiu o cheiro de bolacha e logo seu corpo em brasas, o coração a mil. Corava. "Quem é a moça?" "É a minha filha, Presidente. Mas ela já tá de saída." "E como é que entrou aqui?" "Como a minha mãe disse, já tô indo", respondeu a jovem, sem tremor na voz. "E como você se chama?" "Manuela, Presidente." No gabinete, no carro, em casa, não parou de pensar na filha da faxineira. Vinham à mente, o tempo todo, em uma sucessão frenética e incontrolável, as imagens daquele corpo fresco, moreno, de coxas grossas e farta cabeleira negra. Imaginava-a seduzindo o guarda para entrar no Palácio e sussurrando putaria no ouvido do rapaz e depois transando em cima da mesa, de sua mesa, enquanto ele, o Presidente, se reunia com alguns ministros e ditava os rumos da ilha. Entra na cozinha. Manuela não está ali. Aspira o aroma gostoso do leite, senta para comer um pedaço de pão com mel. "Ela já comeu, Presidente. Disse que ia se esconder do senhor", comenta Elvira, a empregada, enquanto lhe serve café. "Essa menina não tem jeito", completa com um leve sorriso. Embaixo da xícara, ele nota mais uma folha dobrada. Um novo bilhete: *Invadi o seu recanto favorito. Mereço uma punição, não é mesmo, Presidente?* Suspira de novo e segue tomando calmamente seu café. Recorda agora a vez em que foi à casa de Manuela, em um bairro modesto da periferia da capital. À passagem do carro, as crianças pararam de brincar por um momento, a conversa foi suspensa no bar da esquina pelos homens, as mulheres estacaram com suas sombrinhas coloridas sob o sol escaldante. "Como assim, você não viu a Manuela?", enfureceu-se ele na frente da pequena e desbotada casa de madeira, "ela marcou comigo e não apareceu". Esmeralda baixou a cabeça e não disse nada. "Eu sou um chefe de Estado, Esmeralda, tenho mais o que fazer. Não posso ficar cedendo aos caprichos da sua filha", falou ele. Sussurrou ao notar que as pessoas já o reconheciam e paravam na calçada para assistir à cena: "Ponha juízo na cabeça dessa garota". Ele suava aos borbotões, sua roupa estava encharcada. Ao se virar, ouviu uma voz vinda do alto. "Ei, Presidente." Manuela estava deitada de bruços em cima do telhado, a juba negra caindo como se fosse uma cascata, uma trepadeira. "Só vou se você me pegar." Alguns riram diante de tamanho atrevimento. Ele mandou um segurança subir e buscá-la. "Não faça mais isso, entendeu?", repreendeu-a enquanto a conduzia, furioso, para o carro, "quer acabar com a minha honra?" Os moradores foram abrindo caminho para eles. Alguns aplaudiram a cena e ainda gritaram "viva o Presidente". "Ai, Manuela, minha égua xucra, minha potrinha", fala em voz baixa e sorve o resto do café. Vai ao seu escritório, seu refúgio na casa. É lá onde fica a maior parte do tempo, lê, estuda, telefona, ordena. Passa a língua nos dentes, sente um gosto amargo na boca. O recinto – que ele carinhosamente chama de santuário – está vazio. Ele faz uma careta de desgosto, já não acha mais graça na brincadeira. Sobre a grande mesa, junto ao livro que está lendo, há um terceiro bilhete: *Venha até o sótão ver o céu comigo, Presidente.* "Filha da puta", resmunga. A escada é estreita e balança um pouco. Ele sabe que já não tem mais idade para isso; toma cuidado, vai devagar, compenetrado, como alguém que caminha na corda bamba. Teve várias amantes, valeu-se do posto, do poder, para simplesmente apontar o dedo e deitar com quem quisesse. Talvez seja uma compensação pela adolescência improdutiva, sem mulheres, quando voltava para casa e tinha que afundar as lágrimas, a raiva, a humilhação no travesseiro a fim de não acordar os pais nem os irmãos. Então roubava dinheiro da pequena loja de materiais elétricos do pai (que estava sempre bêbado demais para fazer as contas certas) e pagava pelo amor. Mas com Manuela é diferente. Manuela é arisca, quase indomável, e ele sabe que é isso que o fascina nela. Se capitula hoje, amanhã já lhe escapa e corre e salta e sobe no telhado e desaparece. Ninguém nunca brincara assim com o Presidente. "Qual é a graça que a safada vê nisso?", pensa. "Você será minha, e só minha", fala agora em voz alta sem se dar conta. Termina de subir, coloca os pés com firmeza no assoalho, suspira de alívio e satisfação pela pequena vitória. Agora não há mais bilhetes, Manuela está deitada de costas no tapete empoeirado, pronta para recebê-lo. "Olhe pra cima, Presidente. O dia tá lindo hoje." Ele ergue a vista em direção à claraboia e nota realmente um céu claro e limpo. "Que o tempo vá à merda", diz, voltando os olhos sedentos para Manuela. "Venha, acabe comigo, meu Presidente." "Minha musa", deita-se sobre ela e é invadido por ondas de prazer, "minha vida", agarra suas coxas duras, beija seu pescoço, sua orelha, sente o cheiro de bolacha Maria, "minha perdição".

PARAÍSO

O homem nunca deve se pôr em posição de perder o que não pode se dar ao luxo de perder.

ERNEST HEMINGWAY

Letícia terminou nosso namoro por e-mail. Em dez, no máximo quinze linhas, pôs para fora tudo o que a incomodava. Segundo ela, eu era quieto demais, sério demais, culto demais. Ao invés de sair ou passar os fins de semana na praia – seus pais tinham uma casa em Atlântida Sul –, eu preferia ficar em meu quarto, lendo e escrevendo. *Eu quero passear, viajar, ver o mundo, e tu aí, atirado, concentrado num livro ou com os olhos perdidos, sei lá onde. Tu não me preenche, Gustavo.* Na verdade, Letícia estava exagerando. A gente tomava chimarrão no Gasômetro nos dias de sol, ia ao cinema e às vezes eu até levantava mais cedo, no domingo, para acompanhá-la no Brique da Redenção. Mas ela tinha razão quando afirmava que eu não era tão sociável assim. De qualquer maneira, acabar um namoro de dois anos por e-mail era sacanagem.

Por dois dias, tentei falar com ela. No celular, não me atendia ou então caía direto na caixa postal. Se ligava no telefone de casa, sua mãe dava uma desculpa qualquer. No terceiro dia (era uma segunda-feira), depois de dar minha última aula – sou tradutor e faço uns bicos como professor de inglês –, fui ao prédio onde Letícia morava, na descida da Santo Antônio, e fiquei ali, ora escorado na grade, ora sentado no chão mesmo. Em algum momento, ela tinha que aparecer. Era final de junho, fazia um frio terrível, mas eu não fui embora. Sintonizei o rádio na Gaúcha e fiquei ouvindo a narração de mais um jogo da Copa. Ainda por cima, ela resolveu terminar tudo na época do Mundial. Logo eu que adoro futebol.

Depois de um bom tempo, Letícia finalmente apareceu. Já era noite. Ela levou um susto quando me viu. Eu disse que não tive escolha, que havia ligado muitas e muitas vezes, e que a gente precisava conversar. Fomos a um café ali perto; a situação parecia sem volta.

"Eu vou mudar, eu prometo", disse com a voz embargada. "Não seja assim tão radical."

"Quantas vezes tu já disse isso? As pessoas não mudam, Gustavo."

Encarei seus olhos negros, enormes. Pus minha mão sobre a dela, que estava pousada na mesa e que, como sempre, estava quente. Não a retirou, mas também não respondeu ao contato. Eu gostava mesmo daquela guria.

"Dessa vez é pra valer, acredita em mim, Letícia. Me dá só mais uma chance."

Apertei sua mão, ela a largou suavemente. Evitava qualquer avanço meu. Enquanto tomávamos o café em silêncio, por três vezes, o telefone de Letícia tocou. Ela só atendeu na última. "Oi, não posso falar agora. Depois eu te ligo. Não, não aconteceu nada. Depois a gente se fala. Beijo."

Seguimos nossa conversa. Ela não quis reatar. No fim, perguntei se havia conhecido alguém.

"É, tem um cara lá na faculdade... Mas não rolou nada, a gente é só amigo."

Não acreditei naquilo. Letícia era o tipo de guria que engatava um namoro no outro. Por essa lógica, supus que não ia terminar comigo para ficar sozinha. Tinha algo no ar; ela não dava ponto sem nó. Discutimos um pouco ali no café e depois voltamos calados até a frente do prédio dela. Estava mais frio ainda, fiquei com uma vontade enorme de abraçá-la. Fechei meu casaco e segui caminhando, cabisbaixo. Diante do portão, perguntei se podia ligar de vez em quando.

"Melhor não, tá bom?"

Tentei beijá-la na despedida, mas Letícia não deixou. No ônibus, sintonizei novamente o rádio. Os Estados Unidos haviam batido Gana por dois a um.

Aquela semana foi dura. Consegui me distrair um pouco com os jogos da Copa, mas era difícil me concentrar na hora de preparar uma aula. Andava relapso e desinteressado. Ainda por cima, tinha uma tradução para entregar no fim do mês e que nem havia começado. Liguei duas vezes para Letícia, que não me atendeu. Na sexta-feira, enquanto assistia à goleada da França sobre a Suíça, pensei em fazer uma viagem. Nada muito caro nem muito longe. Apenas um lugar para arejar a cabeça e, quem sabe, tocar adiante meu projeto de escrever um livro. Tinha coisas engavetadas: alguns contos e até uns capítulos de uma novela. Concluí que era a hora de fazer um apanhado daquilo, separar os que prestavam, jogar fora os demais, escrever textos novos. Agora, só precisava aguentar mais uma semana de aula, fazer a tradução pendente, a fim de juntar um dinheiro, e escolher um bom refúgio para trabalhar.

A tradução me tomou um bocado de tempo, o que me ajudou a deixar de pensar tanto em Letícia, mas no trajeto do ônibus, na pausa para ver um jogo da Copa, na hora de me deitar, sua lembrança não dava trégua. Um dia, voltei ao prédio dela, só que fui embora pouco tempo depois.

Assisti ao jogo do Brasil com o Chile em casa mesmo. Não tinha ânimo para encontrar os amigos, ter que explicar que havia terminado com Letícia, quer dizer, que ela me dispensara. Com muita sorte, o Brasil conseguiu levar o jogo para os pênaltis, após o atacante do Chile acertar a trave no último lance da prorrogação. A Seleção seguiu no torneio, mas sem inspirar nenhuma confiança.

Dois dias depois, entreguei a tradução e recebi a grana de que precisava. Não era muito; porém, agora já podia me mandar para o interior. Escolhi Arambaré, na beira da Lagoa dos Patos. Já havia estado ali uma vez com minha família. Sempre fui um bom nadador e, naquela ocasião, entrara na água todos os dias do veraneio. Agora, na baixa temporada, sabia que era uma cidade pacata, ou seja, um bom reduto para um escritor. Ainda dei mais algumas aulas durante a semana e comprei a passagem para a sexta. Só depois percebi que, justamente na hora da viagem, o Brasil jogaria com a Colômbia pelas quartas.

Restou-me ouvir o jogo pelo rádio do ônibus. De vez em quando, o sinal se perdia ou ficava um chiado enorme, mas consegui pegar boa parte da partida. Fomos para o intervalo vencendo por um a zero. Mesmo assim fiquei nervoso, roía as unhas sem parar. Mas, pouco tempo depois, houve um alvoroço dentro do ônibus, o motorista buzinou enlouquecidamente: dois a zero. No final, superamos os colombianos por dois a um. Talvez devesse ter sido analista esportivo, levava jeito para a coisa. Quando via um jogo, em cinco minutos já era capaz de descobrir o esquema tático das equipes, de perceber quando um jogador tinha recursos para se tornar um craque, de saber o que era preciso fazer para ganhar a partida. Atribuía isso não só a meu interesse pelo futebol, mas também pelo fato de frequentar estádios há mais de vinte anos. É o que Drummond – que acompanhou nove Copas do Mundo – certa vez classificou de "longa educação da vista".

Consegui uma pousada, por um preço bem acessível, numa rua próxima à lagoa. Havia passado antes numa padaria e comprado um saco de pão, um pouco de queijo e um garrafão d'água: essa seria minha dieta a partir de agora. Instalei-me e, para ter mais sossego, desliguei o celular. Desde meu quarto, no segundo piso, dava para ver a praia que escurecia rapidamente. Havia trazido na mochila um livro de contos de Hemingway, meu escritor favorito. Sempre quis escrever como ele, ter aquela linguagem enxuta, limpa, certeira. Lembrei-me, na mesma hora, de um postal que me trouxeram dos Estados Unidos, com sua foto, inclinado sobre uma mesa, escrevendo algo. Óculos, barba branca, cabelo bem aparado, olhar atento, rosto contraído: não lembrava, de forma alguma, o sujeito alegre e bonachão nos retratos de família, nas caçadas, na companhia de lindas mulheres. A foto que eu tinha era apenas uma montagem publicitária ou ele realmente se transformava na hora de escrever? Então era disso que tratava a literatura: sofrimento e abnegação e sacrifício e luta? Mas ele desistiu de tudo numa manhã quando, com inúmeros problemas físicos, depressão e perda de memória, pegou seu fuzil de caça e atirou contra si mesmo. Simples assim.

Eu gostava de comparar meu processo criativo a um grande reservatório. Enquanto trabalhava uma imagem, uma cena, um diálogo em minha cabeça, só anotava alguns termos e palavras essenciais (a água ia se acumulando ali dentro). Quando a história parecia pronta, era sinal de que o líquido transbordara e, a partir daí, começava a escrever por dias ou, quem sabe, por semanas, até que a história estivesse terminada. Porém, sentia-me agora seco demais para esse tipo de desafio. Achei que a ausência de Letícia me traria alguma espécie de inspiração, alguma ideia nova e vigorosa. Aliás, já cheguei a sonhar com grandes histórias e o texto era belo e fluido e poderoso e depois de acordar tudo fugia como uma mosca que sai voando quando se quer pegá-la. Em suma, o final de semana foi de rabiscos infrutíferos, tormentos acerca de meu futuro literário e sucessivas lembranças de Letícia, seu corpo duro, seus olhos amendoados, sua boca carnuda, suas mãos sempre quentes. Deve ser por isso que virei tradutor: passar para o português as grandes obras, ter às vezes a ilusão de que estou de alguma forma ajudando a escrever aqueles livros, consolar-me diante do fracasso como artista. Na verdade, só agora me dei conta de que meu único consolo é um conto que escrevi (sobre um rapaz cheio de manias e que, quando acaba se apaixonando pela garota que sempre apanhava o mesmo ônibus que ele, destrói a paz e a harmonia de seus dias "perfeitos") e que foi publicado por uma editora nova de São Paulo. Quem sabe esse não seja meu legado, a marca que todo artista sonha em deixar para os que virão depois de nós daqui a cinquenta ou cem anos? Não há autores de um livro só? Por que não pode haver um escritor de um conto só?

Na segunda, véspera da semifinal, saí para dar uma volta na beira da lagoa. Havia uma estradinha de terra onde algumas pessoas – três, na verdade – caminhavam e que me pareceu um lugar agradável, cercado de banquinhos, grama e árvores. Segui por ali. Naquele final de tarde, mal dava para distinguir, lá longe no horizonte, onde terminava a lagoa e começava o céu. O dia estava realmente bonito, mas tinha muito vento, o que dificultava as coisas, além de bater em cheio no rosto e inundar os ouvidos com um barulho insuportável. Pensei novamente em Letícia. Será que ainda pensava em mim? Ou será que o tal amigo da faculdade já a fizera apagar-me de sua lembrança? Custava ao menos ir a Atlântida Sul de vez em quando, sair mais com seus amigos, levar às vezes uma flor para decorar a sala dela, fingir mais interesse em sua vida de universitária, transar um pouco melhor? E para quê? Para, no meio de uma pilha de fracassos, conseguir escrever um mísero conto mais ou menos decente? *A literatura estragou tuas melhores horas de amor.* Outra vez Drummond. Aquele vento começou a me dar dor de cabeça, por isso voltei logo para a pousada.

À noite, fiquei na janela, contemplando a beleza do céu, a imensidão de estrelas. Desde que terminara com Letícia, não havia feito mais a barba. Ela tinha algum tipo de alergia, pois toda vez que a beijava de barba seu queixo ficava vermelho. Então, sempre passava gilete no rosto. Não falhava nunca, mesmo quando estava cansado ou com sono ou simplesmente sem vontade alguma. Disso Letícia não podia reclamar. Alisei a barba e fiquei um tempo assim, saboreando meu novo visual. Seria o começo de uma vida nova também?

Peguei o livro de Hemingway e nem precisei olhar o sumário para saber que o conto que buscava estava na página 175: "Colinas parecendo elefantes brancos". Toda vez que lia esse conto, ficava fascinado com sua aparente simplicidade. Basicamente, um homem e uma mulher estão numa estação de trem e conversam. A história é um grande diálogo entre os dois. Pode parecer a cena mais banal do mundo, mas o famoso iceberg de Hemingway está todo ali. Tentei, inúmeras vezes, criar um conto só com um diálogo, mas, sempre que lia este, jogava tudo fora. "Eu vou mudar, Letícia." "As pessoas não mudam, Gustavo." "Me dá só mais uma chance." "Não. E vê se me esquece, tá bom?"

Meu quarto não tinha tevê. No dia da semifinal, podia ter ido a um bar, me juntado a um bando de gente estranha para ver o jogo da Seleção. Mas resolvi ficar na pousada, acompanhando tudo pelo rádio, como tantas e tantas vezes fizera na infância. Ouvia-se um ou outro estouro no céu. Antes da partida, pus minha camiseta da sorte: era toda branca e, do lado esquerdo do peito, mandei costurar o emblema da antiga CBD. Foi com esse uniforme que os jogadores de cinquenta perderam inexplicavelmente para o Uruguai. Mesmo não estando lá, não vivenciando a tragédia (já que nasci três décadas depois), nunca aceitei tal derrota. O Uruguai era bom, mas nós éramos melhores, jogávamos no Maracanã lotado, precisávamos apenas de um empate. Li ensaios, reportagens, entrevistas sobre aquele jogo, e cada vez me convencia mais e mais de que, se jogássemos dez vezes contra os uruguaios, ganharíamos nove. Fizeram até um filme em que o Antônio Fagundes, detrás do gol, tentava avisar o Barbosa de que a bola do Ghiggia ia no cantinho esquerdo, mas o Barbosa, ouvindo o grito, virou-se para procurar o Antônio Fagundes e levou o gol. Enfim, foi-se a Copa, mas a camiseta branca – aposentada alguns anos depois – me trazia uma boa recordação. Em 2002, lá estava eu com ela.

Já no começo, levamos um. Pela narração, a equipe não parecia nada bem em campo. Torcida nervosa, jogadores ansiosos, esquema suicida: o cenário de uma nova tragédia estava montado. Então, de repente, tudo desabou. Era um gol alemão atrás do outro. Quatro em apenas seis minutos. O que estava acontecendo? Não íamos vingar a derrota de cinquenta e finalmente erguer a taça no Maracanã? Que maldição era essa que tirava do Brasil mais uma chance de ser campeão em casa?

Desliguei o rádio no intervalo, incrédulo, e comecei a escrever essa história.

Olho o relógio, calculo que a partida está no final. Há um silêncio tenso no ar. Não imagino o resultado do jogo, mas um placar de cinco a zero é impossível de buscar. De vez em quando, faço uma pausa e observo a paisagem dessa terra linda e desolada; agora posso dizer que, mesmo com a derrota iminente, sinto uma certa paz. Em breve, vestirei meu calção de banho e irei para a lagoa. Afinal de contas, sempre fui um bom nadador. A água deve estar fria, muito fria, mas a gente só sente o choque no começo. Depois acostuma.

A VOZ NO PARQUE

Creio que me resta pouco tempo, por isso vou relatar minha história para que tudo o que lembro, tudo o que sinto, não vá embora junto comigo.

A primeira memória que tenho são os três pares de mãos que me pegavam, me acariciavam e me erguiam o tempo todo. Quando pequeno, eu era muito paparicado. Quem nunca me largava era Dora. Ela me aquecia junto ao peito, cantava baixinho em meu ouvido, deixava eu ficar em sua cama, sentir sua respiração morna e apressada. Mas meu dono mesmo era Juliano, pai de Dora. Sempre que ele estava em casa, costumava segui-lo. No inverno, enroscava-me perto de seus pés e, no verão, dormia de costas, esparramado pelo chão da sala. Aí, quase sempre alguém vinha me fazer cócegas na barriga: Dora, Juliano ou Bruna (mãe de Dora). Confesso que levava uma vida boa, sossegada.

A melhor parte do dia era quando Juliano pegava a coleira que ficava pendurada no corredor. Então eu sabia que havia chegado o grande momento, a hora de sair para a rua e de sentir o vento no rosto e de me aliviar e de cheirar outros cachorros. Não conseguia me conter, balançava o rabo, pulava, latia. Na maioria das vezes, a gente ficava ali pelo bairro mesmo, mas havia dias em que me levavam para um parque enorme, bonito, cheio de árvores e gramados. Aí Juliano me soltava e eu podia correr à vontade. Meus passeios favoritos eram sempre aqueles depois da chuva. O mundo então tinha um cheiro ainda mais gostoso. De vez em quando, Dora atirava uma bolinha para eu buscar; era a maior diversão. Depois, eles faziam um lanche enquanto eu me estendia na sombra, na grama fofa, com a língua de fora, a respiração acelerada, mas contente por estar junto deles e num lugar tão especial. Quando Juliano vinha somente comigo, ele sempre trazia um livro junto; então se apoiava num tronco e ficava ali, quieto, concentrado em sua leitura. Eu, nessas horas, punha a cabeça entre minhas patas e tirava uns cochilos. Às vezes, acordava com Juliano lendo algo em voz alta. Havia um livro em especial que eu adorava. Acho que ele também, porque nesses momentos erguia a voz que tremia de emoção e ele falava do ar e dos cabelos brancos ao sol – enquanto nosso sol se punha lá longe, depois do rio. Ficávamos contemplando o dia que ia embora, e Juliano sempre fazia um carinho em minha cabeça.

Então Bruna saiu uma tarde de casa e voltou trazendo Zeca no colo. No início, senti um ciúme terrível dele, pois muitas vezes ninguém me dava atenção, Juliano não saía mais comigo com tanta frequência (me levar no parque grande e bonito, então, nem pensar), e Dora, quando atirava a bolinha, parecia cumprir uma obrigação ao invés de se divertir. Mas todos se alegraram com a chegada de Zeca e, aos poucos, também me acostumei a ele, aos bracinhos delicados e enérgicos batendo em minha cara, ao sorriso arteiro, ao cheiro bom, aos olhos enormes, sempre curiosos.

Tudo aconteceu no pátio, um tempo depois. Eles haviam chegado da rua, e eu, naquela alegria quase incontrolável, comecei a latir e a pular, saudando-os. Todos foram direto para os fundos. Acho que queriam aproveitar o belo dia de sol para tirar umas fotos. A família estava agitada, eufórica, inclusive (e especialmente) eu. Bruna carregava Zeca no colo e ela se esquivava toda vez que pulava em sua direção, afastando o bebê de mim. Fomos andando até o velho banco de madeira e, no caminho, Dora achou minha bolinha e gritou e se preparou para atirá-la longe. Eu me empolguei e, assim que vi a bola sair de sua mão, nada mais importava a minha volta. Ela quicou na laje e foi de encontro aos dois, Bruna e Zeca. Não pude evitar o choque e ouvi um grito de Juliano e, quando me virei para eles, ofegante e com a bolinha na boca, percebi que os derrubara. Houve gritos e muita correria e Juliano me deu muitos e muitos tapas como eu jamais tinha recebido em toda minha vida. Fiquei preso ali no pátio, entraram todos no carro, partiram em disparada e só restou a tarde silenciosa; depois a noite, o frio, o sono, a chuva.

Ouvi, a certa altura, um barulho, e o vulto de um homem ficou parado na porta. Era Juliano. Corri e, quando me aproximei, fiz festa, peguei a bolinha outra vez, pulei de contentamento. Mas ele não esboçou o menor carinho, nem sequer olhou para mim, apenas trouxe meu pote de água, minha comida, entrou e me deixou ali fora. Arranhei toda a porta, lati por um tempo. Ninguém apareceu. Era a primeira vez que eu não dormia dentro de casa.

Tentei me abrigar debaixo do banco de madeira, encolhia-me todo, mas foi difícil vencer o frio daquele inverno. Muitas vezes, despertava tremendo. Juliano aparecia uma ou duas vezes por dia para trocar minha água e deixar um pouco de ração no pote. Às vezes não tinha vontade de comer, mas ele não ficava nem um minuto comigo, dava meia-volta e entrava novamente em casa. Não me fazia carinho, não conversava. Eu cercava Juliano e pulava nele, pedindo atenção. O que havia feito de tão grave para ser castigado dessa forma? Ele resmungava algo e me enxotava sem dó. No entanto, depois de um tempo, meu dono construiu uma casinha de madeira para mim. Quem sabe as coisas não começariam a se ajeitar de agora em diante? Um dia ele até sentou no banco e pôs rapidamente a mão em minha cabeça. Como não podia mais entrar em casa, eu via Dora somente nas raras ocasiões em que ela aparecia no pátio. Ela sempre me abraçava com força e de vez em quando chorava. De Bruna e Zeca, não soube mais nada. Passava a maior parte do tempo junto à porta, na esperança de que alguém a abrisse e me deixasse entrar. Muitas vezes, ouvi gritos, choros e brigas que vinham lá de dentro.

Já não fazia tanto frio. Senti que os dias iam ficando mais agradáveis, mais longos. Agora, não conseguia ver minha respiração, como ocorrera tantas e tantas vezes no inverno rigoroso. Esparramava-me na grama fofa e morna e brilhante. Nessas horas, eu me lembrava da voz de Juliano que lia o livro no parque e falava de chão e relva, e tentando ouvir suas palavras eu conseguia dormir um pouco melhor. Mas ao acordar e me dar conta de onde estava, de como viera parar ali, batia um desânimo, uma tristeza enorme. Até que Juliano veio com a coleira. Fiquei empolgado, balancei o rabo, pulei de alegria. Agora, sim, estava tudo resolvido, eu voltaria a passear e a morar com toda a família. Ele, muito sério e triste, me pegou e me levou embora do pátio. Passamos por dentro de casa e foi então que vi Bruna, sentada de cabeça baixa no sofá. Ela nem ao menos olhou para mim. Onde estaria Zeca? Dora desceu correndo as escadas e me abraçou com força. Eu lambi o choro de Dora. Entrei no carro com Juliano, e depois partimos.

Fui deixado na casa de um amigo de Juliano. O lugar era lindo; ficava um pouco afastado da cidade e tinha um campo vasto onde eu podia correr à vontade. Quando ele se abaixou para se despedir de mim, olhou-me longamente e de repente seus olhos começaram a ficar cheios d'água. Então me abraçou, beijou minha cabeça. Ainda cheirei e lambi seu rosto pela última vez. Depois Juliano se foi. Acompanhei o carro até a porteira, mas alguém a fechou antes que eu pudesse escapar. Fiquei sentado ali, vendo o carro se afastar e uma poeira enorme subir e o sol agora morria no horizonte e logo o carro desapareceu, mas eu segui no mesmo lugar, quieto e triste, até que as estrelas começaram a pipocar no céu ainda mais vasto que o campo, e meu novo dono veio me levar para dentro de casa.

Ele era um sujeito sério, de poucas palavras. Não me paparicava como Juliano nos bons tempos. Em compensação, nunca me faltava comida, um pote de água fresca, um lugar quente e macio para descansar num canto da casa. Tanto meu dono novo quanto sua mulher acordavam bem cedo. Era noite ainda, eles iam até a cozinha para esquentar a água do chimarrão; então abriam a porta que ia dar nos fundos, e eu me aliviava na grama ou num tronco de árvore. Depois sentavam, comiam um pedaço de pão e tomavam o mate em silêncio. Além de mim e do casal, não morava mais ninguém na casa. De vez em quando, apareciam filhos e netos, e tudo ficava mais animado por um tempo. Nessas horas eu brincava e ganhava um pouco de atenção, mas, durante a semana, éramos somente nós três.

O dono do sítio cultivava alguns tipos de plantas em estufas, e todo dia a gente dava uma circulada para ver como iam as coisas. Ele conversava com alguns empregados, recebia pessoas que levavam encomendas, às vezes ligava para pedir algo que estava em falta. Conseguia me ocupar bastante ao longo do dia. Só que as atividades terminavam cedo e, antes mesmo do pôr do sol, lá estava eu, sozinho outra vez (eles me punham para dentro de casa apenas à noite, na hora da novela). Ficava olhando aquele campo vasto, todo a minha frente, e de vez em quando até corria atrás de um quero-quero ou ia para junto da porteira latir para os outros cães. Mas aquela imensidão também me dava um grande aperto no peito, e era impossível não lembrar os dias felizes vividos longe dali. Haviam escolhido um casal bom para cuidar de mim; não era, porém, minha família de verdade. Naquele dia que esvaía, faltava a voz de Juliano que lia para mim e que falava de saúde e sangue e pureza e energia.

Passaram-se alguns anos. Asseguro que foram tempos geralmente sossegados; se algumas vezes me meti em brigas com outros cachorros que invadiram o sítio, sobrevivi a todas as feridas e os machucados. De uns meses para cá, porém, sinto que a vida começa a pesar. A visão já não é mais tão aguçada, as pernas acusam cansaço após um passeio ou mesmo uma leve corrida e, nessas horas, a respiração fica ofegante e difícil. Mesmo que a lembrança de minha antiga família venha agora um pouco turva, como um espelho tocado pela fumaça do banho, ainda recordo cada um deles: Dora, Zeca, Bruna e, claro, Juliano. Houve mais de uma chance de escapar daqui, de sair porteira afora atrás deles. Mas me acostumei a essa vida, a essa rotina e, além do mais, é tudo tão diferente da cidade que eu não saberia nem para onde correr. O que faço é pousar suavemente a cara na grama, aceitar minha solidão e torcer por um milagre.

Chegará a hora – talvez no meio da noite, de manhã ou num final de tarde, mas essa hora vai chegar – em que não me levantarei mais. Sinto que minha luz está se apagando. Ouvi alguém dizer, certa vez, que os cachorros gostam de morrer sozinhos, que procuram um lugar isolado para partir. Bobagem, ao menos em meu caso. Vou esperar por Juliano até o fim, por seu afago derradeiro. Mesmo que não seja mais capaz de me erguer, meus ouvidos estarão atentos para captar sua voz, meu nariz vai cheirar sua mão e seu rosto pela última vez, e sei que o que resta de meus olhos será suficiente para reconhecê-lo.

UM ANJO PELO OUTRO

No começo era só papai e ela. Quando fazia força para lembrar, lembrava de outras pessoas, outras mãos, outros cheiros, mas papai estava sempre lá. Desde que ela era bem pequena, ele a afastava de todo mundo. Dizia que não precisavam de mais ninguém e que ela preenchia a vida dele. "Toda a vida?", perguntava. "Todinha", ele respondia baixinho, esquentando o rosto dela com sua palavra. Falava também que os parentes moravam muito longe e que a compensaria com livros e brinquedos em troca dos amigos. Sobre mamãe, ele contava uma história: "A tua mãe fez um trato com Deus; Ele levou ela, mas te trouxe pra mim. Um anjo pelo outro". Essa era só uma das muitas histórias que papai contava. Embora tivesse um monte de livros em casa, nada se comparava com as que ele inventava. Bastava fechar os olhos para ela ver cavalos batendo asas, tartarugas correndo na velocidade da luz, peixes falando se a água estava fria ou não. Adorava aquilo, mas dizia que não era verdade. Então ele sempre respondia, soprando as palavras em seu rosto: "As histórias são nossas. A gente pode levar elas pra onde quiser". E não só as histórias, porque papai a levou para morar fora da cidade. A casa era simples, mas bem grande. Ela então espalhava os jogos, as bonecas, as roupas, os livros por todos os quartos. Estava proibida de sair de casa. Quando papai ia para a cidade trabalhar, trancava o portão. Se o dia estava bonito e quente, ela levava suas coisas para o pátio e ficava brincando lá. Não havia quase nenhuma casa na rua; eles tinham apenas uma vizinha. Era uma velha corcunda, de pernas finas e nariz de gavião. O cabelo descia num rabo longo e muito branco. Às vezes, ela sentava na cadeirinha para dar comida a alguma boneca ou ficar folheando um livro e sentia os olhos da vizinha em suas costas como se fossem duas pontas espetando-a. Se a velha começava a puxar conversa, fingia que não ouvia e depois disparava para dentro de casa. "Não fala com estranhos", lembrava da recomendação de papai enquanto fechava a porta e sentia o coração bem forte bem rápido como o de um passarinho. Ele saía cedo para o trabalho e só voltava no fim do dia. Ela não tinha amigos e não ia à escola e se aborrecia de tanto desenhar, pentear as mesmas bonecas, ler as histórias de sempre (foi papai quem a ensinou a ler). Quando ele chegava, já tinha pensado em um monte de perguntas também. "Papai, tava no trato da mamãe com Deus eu ser a tua mulher?" Ele se espantou. "Como assim, minha filha?" Aí ela disse que eles dormiam juntos e que ele pedia para fazer coisas que as mulheres faziam, como vira na tevê.

Então papai explicou que as pessoas falavam de coisas que não entendiam e que a felicidade de uns dava inveja nos outros. Ela reclamou que se sentia sozinha, que ficava aborrecida o dia todo, o tempo inteiro naquela casa grande. Por isso um dia ele lhe trouxe uma cachorrinha. Era linda: bege, orelhuda e com uma mancha rosa no nariz. E assim como ela preenchia a vida de papai, Flora preencheu a dela. Escolheu esse nome porque era como a menina do livro que estava lendo se chamava. Papai depois lhe contou que Flora queria dizer "cheia de beleza". As duas brincavam o dia todo. Flora mordia os móveis, arranhava o chão, pegava as roupas, fazia buracos na grama do pátio, mas papai não ficava muito brabo porque viu que ela estava feliz. De noite, convenceu-o a deixar Flora dormir no quarto deles. "Mas nada de subir na cama", papai disse. Flora se comportava direitinho, ficava num canto e roncava e fazia uns barulhos esquisitos. Devia sonhar muito. Às vezes, ela acordava assustada, chamava por Flora e a cachorra então a olhava com aqueles olhos brilhantes, fosforescentes que tinha, e ela se acalmava outra vez. Mas um dia Flora cavou um buraco do lado da cerca e fugiu. Ela ficou triste, chorou muito e papai prometeu que ia encontrar sua companheira. "Esses bichos saem por aí e depois voltam, tu vai ver só", ele dizia para animá-la. Ela passou a sonhar às vezes com sua cadelinha. Agora, sem Flora por perto, pensava em muito mais coisas do que antes. E voltou a ficar confusa, como sua Flora ficava quando não sabia para que quarto da casa ir. "Papai, tu tem duas mulheres?", quis saber. "Como assim?" "Eu e a mamãe." Ele ficou quieto. "Não tá errado isso? Pelo menos eu nunca li em lugar nenhum." Então papai a pôs na cadeira e ficou de frente para ela. "Filha, tu gosta ou não gosta de mim?" Era claro que gostava. Ele tirou com cuidado a franja de seus olhos. "Pra que te preocupar com isso? A gente tá fazendo mal pra alguém?" Ela fez que não com a cabeça. "Não esquece uma coisa: quando duas pessoas se amam, elas devem ficar juntas. Entendeu?" Não sabia o que mamãe achava de tudo isso. "Mas jamais comenta nada com ninguém, tá bom? Tu sabe como as pessoas são. Vão querer separar a gente." Ela não sabia como as pessoas eram, porque não convivia com mais ninguém além de papai. Nem com a vizinha falava. "Tu não gosta do que a gente faz?" Veio para bem perto dela. De novo o rosto se aqueceu com sua pergunta. "Às vezes dói, às vezes não dói." Ficou triste ao falar aquilo. "Quando doer, tu me diz, tá?" Mas então a tristeza foi embora, porque ela lembrou que logo depois ele contava uma história que sempre embalava seu sono. Papai também gostava de procurá-la no escuro. Ele às vezes apagava a luz e pedia para ela se esconder enquanto contava até vinte. Ela tinha medo do escuro e sempre ficava no mesmo lugar, com receio de cair ou de bater e se machucar. Então papai a encontrava onde a luz a deixara e recolhia na boca os tremores da menina. Depois, fora do escuro, ele contava suas sardas e beijava cada uma delas. Ela tinha muitas sardas. E de tanto sonhar com Flora, um dia seu animalzinho voltou. O buraco que cavara para escapar continuava ali, mas dessa vez Flora não conseguia passar e por isso latia e chorava. Ela então pegou uma pá e foi tirando mais e mais terra até que Flora voltou para o pátio, para a casa. Estava suja e toda machucada. Papai no mesmo dia levou a cachorra para o veterinário. Em pouco tempo, ficou boa de novo e até engordou bem rápido. "Ela não tá gorda, filha; tá grávida." Papai quis dar Flora na mesma hora, mas ela disse que ele não podia fazer isso e chorou muito e então ele desistiu. Nasceram oito filhotes, todos bem branquinhos. Eles dormiam e depois berravam sempre que queriam mamar. Quando ficaram um pouco maiores, corriam atrás da mãe, tentando agarrar, morder suas tetas. Depois de um tempo foram dando os cachorrinhos um a um, até que só sobrou a Flora de novo. Ela saía de casa nos finais de semana, quando papai não ia ao trabalho. Então ele gostava de pegar o carro e ensiná-la a dirigir pelas estradas quase desertas da região. Sentava em seu colo e, enquanto ela ficava escorregando os olhos das trêmulas miragens sobre o chão para os braços suados e estáticos no volante, papai levantava seu vestido e passava as mãos nas coxas e dizia "tá indo bem, minha filha, continua assim". Algumas vezes ele encostava o carro fora da estrada, punha-a no outro banco, baixava o zíper. E ela fazia o que papai mandava. Aquilo tinha gosto de água do mar. Um pouco depois, começou a ficar enjoada com os cheiros que vinham da cozinha na hora da janta. Corria ao banheiro para vomitar, mas não comentou nada com papai. Sua barriga também inchou, e tudo lhe dava cansaço, preguiça, sono. Até que, numa tarde quente que ela brincava nos fundos, sentiu uma tontura muito grande e desmaiou. Não lembrava o que tinha acontecido; só sabia que, quando acordou, ela estava na cama. Reconheceu Flora roncando em seu canto e também ouviu vozes que vinham da sala. Papai e a vizinha conversavam (mais tarde, ele lhe contaria que tinha sido a vizinha quem a trouxera para dentro de casa e ficara com ela até ele voltar). Agora discutiam. A mulher dizia que ela estava grávida. "Sei o que tô falando." "Como grávida? Mas isso não tem pé nem cabeça." "Além do mais, a minha intuição nunca falha." Não conhecia aquela palavra e ficou sussurrando-a para não esquecer. Quando a vizinha foi embora, levantou-se. "Tu tá bem, minha filha? Que susto tu me deu." "Papai, o que é intuição?" "Intuição?" "É, essa palavra que a vizinha falou." Então ele ficou de costas para ela, os braços apoiados na pia da cozinha, olhando o pátio e a última luz do dia que se coava pela fresta da janela. "É uma bobagem inventada pelas mulheres." Depois ele a pegou no colo. "Agora tu vai pra cama descansar enquanto eu te conto uma história." Na manhã seguinte, ela acordou com sono; esfregou os olhos e viu papai indo de um lado para o outro da casa. Pegava as roupas, as bonecas, os livros, tudo o que ia encontrando, e jogava na mala. "A gente vai viajar?" "Sim, te veste e toma o teu leite." "E a Flora?" "Ela vem junto." E agora era papai, Flora e ela. Sentou no banco da frente; ele a mandou botar o cinto. "Pra onde a gente vai?", quis saber. "Pra longe." O dia estava nascendo. No balanço do carro, ela mal conseguia ficar com os olhos abertos. "Não vou deixar que eles tirem a criança de mim", papai falou. Eles se encararam ao mesmo tempo. "Quer dizer, da gente", papai disse então. Flora pôs a cara entre os dois bancos e deu uma lambida na bochecha dela. Fez um carinho na cachorrinha, que estava de novo tão bonita como da primeira vez. Mas não lhe saía da cabeça a lembrança de Flora grávida, gorda e sempre cansada; aí ela pensou nos oito filhotinhos chorando de fome. Aquilo parecia um sino batendo e batendo em sua cabeça. Ajeitou-se no banco, fechou os olhos, colocou a mão na barriga. Oito era muito, pensou, mas achava que de uns dois ou três ela podia dar conta.

POR QUE O MAR É TÃO LONGE?

Nunca tinha visto o mar no inverno. Eu viajava no carro atrás do meu pai como sempre. Escolhia esse lugar porque gostava de ficar cuidando a minha mãe, o jeito dela mexer nos cabelos, de se olhar às vezes no espelhinho da viseira, de pôr toda hora a mão no rádio pra trocar de música. Mas naquele dia não tinha música, e naquele dia não tinha muitos carros também. A minha mãe mal se mexia. De vez em quando acariciava a caixa que levava no colo, ou então apertava ela bem forte no peito. Usava uns óculos escuros enormes, embora não tivesse sol. Quando se virava pra mim, como se eu tivesse olhando pro fundo de um mar transparente, fazia força pra tentar ver os olhos dela, mas não conseguia. Mais cedo, a minha mãe tinha me dito que naquela caixa ia o meu tio, que era o irmão dela, e que por isso aquele era um dia triste, sem música sem muita conversa sem riso. Depois ela falou que a gente ia levar a caixa pra praia porque era onde o meu tio queria morar pela última vez. Na praia não, no mar. O meu pai dirigia devagar e também não falava nada. Ele sempre foi um homem calado, mas naquele carro fechado e silencioso, não dava pra ouvir nem mesmo a sua respiração. A gente passou pela casa de veraneio, mas só parou no fim da rua, bem do lado da praia. A minha mãe carregava a caixa com muito cuidado, como quando ela vinha e punha uma coberta em mim porque achava que eu tinha pego no sono na frente da tevê. Ventava bastante. Sentia a areia batendo com força nas minhas canelas. Como tudo era triste agora. Não tinha o moço do picolé e o jogo de futebol e as pessoas chegando com guarda-sóis e cadeiras e os banhos de mar com o meu tio. Ele era muito grande e muito forte e por isso me levava lá no fundo, depois das ondas grandes, dos bancos de areia. Eram então os melhores dias do ano, porque o meu tio morava no interior e só via a gente no Natal e no começo de janeiro. Nunca fui visitar o meu tio, mas onde ele morava devia ter muito sol, porque chegava sempre bronzeado. Ele me falava que era porque passava os dias no campo. Mas ele não morou lá a vida toda, foi depois de grande pro interior, depois que eu nasci. Uma vez pedi pra minha mãe pra ir no campo também, mas ela nunca deixava, dizia que o meu tio não podia ficar cuidando de criança, mas sei que isso não era verdade, porque ele cuidava direitinho de mim na praia. A gente ia pro mar e brincava na areia e depois comia picolé ou milho-verde. O meu pai nunca tava por perto nessas horas. Ele nem aparecia na casa da praia quando o meu tio tava lá. Os dois só se viam mesmo no Natal, porque a minha vó pedia que a família inteira tivesse reunida pra janta. Mas nunca tavam juntos e mal se olhavam. A minha mãe colocava a música da Simone que dizia *Então é Natal e o que você fez, o ano termina e nasce outra vez*, e alguns brindavam e cantavam, mas o meu pai ficava sempre sério num canto ou saía pra rua. O meu pai era um homem muito calado. Também sou quieto, acho que puxei isso dele. Mas eu ouvia tudo, estava sempre atento à conversa dos outros. Como não falava nada, as pessoas me tratavam como se eu não entendesse ou não tivesse ali. E eu ouvi a minha mãe dizer pra minha vó *Essa época do ano é difícil pra ele* e eu sabia que ela falava do meu pai. Ou era do meu tio? Porque no último Natal o meu tio parecia mais triste e distante. No outro dia, escutei que ele tinha bebido demais e depois foi bater boca com o meu pai, mas eu já tava dormindo quando tudo isso aconteceu. De qualquer forma, fomos de novo pra praia no verão e entramos no mar e era como se nada tivesse mudado, mas chegava uma hora do dia que o meu tio me deixava na areia e ia nadar sozinho. Ele ficava muito tempo lá no fundo, depois da rebentação, e nessas horas eu sempre me perguntava por que é que o meu tio gostava tanto do mar. E me lembrava também da brincadeira que fiz com os meus pais uma vez no carro. Eu perguntei *Por que o mar é tão longe?* e a minha mãe respondeu que era pra gente não enjoar dele. *Por que o mar é tão grande?* e a minha mãe disse que era pra não acabar. *E por que o mar é tão frio?* aí ninguém falou nada e a minha mãe se virou pro meu pai e ele disse *Pra gente não ficar nele pra sempre, meu filho.* Mas e por que o tio ia agora ficar lá pra sempre? Nunca perguntei a ninguém. Iam atirar ele no mar, isso eu ouvi. A minha vó não veio pra não passar mal, foi o que disseram. Eu tinha vontade de levantar a tampa da caixa e ver como era o meu tio agora. A minha mãe me disse antes da viagem que ali estavam as cinzas dele. Lembro que me sentia seguro junto do meu tio, mesmo quando me levantava, na água ou no ar, porque eu sabia que ele nunca ia me deixar cair. Já o meu pai não era forte, não pegava sol nem gostava muito de brincar comigo. Era quieto como eu, mas de um jeito diferente. O meu pai não sorria. Uma vez, fui espiar o que ele fazia no quarto e vi que tava chorando baixinho, sentado na cama. Voltei pra sala sem fazer barulho e perguntei pra minha mãe o que ele tinha e ela disse que era só uma tristeza passageira. O meu pai também não gostava quando o meu tio ligava, ele ficava emburrado, reclamava e depois batia a porta do quarto com força. Por isso o meu tio não ligava muito, e por isso eu sentia muita saudade dele durante o ano e esperava com ansiedade e aflição pela chegada do Natal e do veraneio. Já perto do mar, a minha mãe se virou pra mim e disse pra eu ficar ali com o meu pai. Ela deu os óculos pra ele e eu vi os olhos enormes e inchados da minha mãe. Foi caminhando devagar pra dentro do mar, o vento vinha e mexia no cabelo dela. Entrou até ficar com água na cintura e então abriu a caixa e começou a jogar as cinzas. Jogava um pouco para o alto e o vento logo levava o pó embora e depois o pó entrava no mar e desaparecia. Por um instante, pensei que seria lindo se o meu tio surgisse de repente de dentro do mar, inteiro e invencível e atravessando as ondas como ele gostava de fazer. Ouvi os gritos da minha mãe. Olhei pra cima, busquei os olhos do meu pai, ele me encarava sem nada dizer. Então eu lembrei que a minha mãe me disse uma vez que ela e o meu tio tinham vivido uma história bonita na praia e que um dia eu ia entender um monte de coisas e lembrei também que no último verão o meu tio me abraçou com muita força quando se despediu de mim e me falou que eu era o anjo dele e o sangue dele e passou a mão na minha cabeça e essa foi a última vez que eu vi o meu tio. Eu quis correr pra abraçar a minha mãe e até corri um pouco, mas logo o meu pai me parou e eu nunca mais esqueci as palavras dele *Deixa a mãe sozinha* e eu respirava apressado e tinha vontade de chorar e o meu pai segurou firme a minha mão e eu não corri mais.

TÁ ME DANDO UMA IDEIA

"Vem cá, mulher, vem cá."

"O que foi?"

"Não faz pergunta, só vem aqui."

"Tá bom, tô indo. Mas o que aconteceu?"

"Fala baixo. Só me promete que não vai fazer escândalo."

"Escândalo? Do que tu tá falando?"

"Me segue."

"Por que a gente tá indo aí?"

"Olha isso."

"Ah!"

"Não grita, porra."

"Ele tá morto?"

"Sim, tá morto."

"Tu tem certeza?"

"Ele não tá mais respirando, tá todo duro e branco que nem uma múmia. Não tá bom pra ti?"

"Ai, tô passando mal."

"Calma, senta um pouco."

"Como tu conseguiu entrar aqui?"

"Calma, calma, respira. Isso. Tá melhor?"

"Tô. Mas me responde: o que tu tava fazendo aqui no apartamento dele?"

"Eu vi uma fresta na porta. Acho que ele tentou pedir ajuda e não conseguiu."

"Mas será que ninguém mais viu?"

"Não sei, só tinha uma frestinha. Eu notei porque sempre dou uma olhada pra porta dele quando passo."

"Só tu mesmo. O que tu via nesse velho rabugento e mal-educado eu nunca descobri."

"Sempre quis conversar com esse cara."

"E falar do quê?"

"Ah, sei lá. Me fascinava o fato dele ser tão solitário, tão fechadão. Queria saber como era a vida dele. Coisas de escritor."

"O que tu tá fazendo?"

"Fechando a porta."

"E por quê?"

"Alguém pode passar e suspeitar que a gente fez alguma coisa com o velho."

"A gente tem que chamar a Samu, isso sim."

"Já vou chamar. Agora não faz mais diferença nenhuma."

"Ai, tapa esse corpo. Tá me dando um nervoso de novo."

"Tá, vou pegar um lençol lá dentro."

"Vai rápido."

"Ei, olha o que eu achei."

"Que gracinha. Onde ele tava?"

"Em cima da cama."

"Tadinho. Vamos ficar com ele? Sei lá o que vão fazer com o pobrezinho."

"Era só o que faltava mesmo. Um gato pra largar pelo no apartamento todo e pra mijar nas minhas coisas."

"Pode reclamar à vontade, o apê é meu e eu quero pegar ele pra mim."

"Eu nunca decido nada, né?"

"Me ajuda a pagar o aluguel e tá tudo resolvido."

"Mas como, se eu tô desempregado?"

"Ora bolas, para um pouco de escrever e sai pra procurar alguma coisa."

"Tu não dá a mínima pro que eu faço, né?"

"Não foi isso que eu disse."

"Por que não me manda embora de uma vez, então?"

"Tá bom, chega. O gato fica comigo e acabou."

"Se ele estragar os meus papéis, eu torço o pescoço desse desgraçado."

"Eu disse chega."

"Fazemos um trato, então. Tu fica com o gato, e eu levo uns livros pra casa. Olha quanta coisa legal."

"Tu empilha livro até no banheiro. Onde tu vai pôr mais esses?"

"Te falei que ele era um sujeito interessante."

"Blá, blá, blá. Mas onde tu vai pôr eles?"

"Ah, eu dou um jeito."

"A gente fica discutindo e tem um morto aqui na sala."

"Será que ele não tem parentes, ou uma agenda em algum lugar?"

"Eu nunca vi ele receber ninguém. Do jeito que era, se tinha parente, deve ter cortado relação há muito tempo."

"Para de ficar criticando o morto, larga esse gato e me ajuda a encontrar uma agenda."

"Eu vou chamar é a Samu."

"Não vai nada."

"E por que não?"

"Esse velho deve ter uma grana escondida."

"Não tô ouvindo isso."

"O que foi?"

"Nem começa."

"Se a gente não achar, pra onde tu pensa que esse dinheiro vai?"

"Tu não é e nunca foi ladrão."

"Essa grana pode nos ajudar, mulher."

"Não, isso não é certo. A agenda eu até procuro, mas a gente não vai mexer no resto."

"Olha quem tá falando. Logo tu, que tá levando um gato pra casa."

"Mas tu não esquece esse gato. Que fixação, meu Deus. E, além do mais, essa comparação foi ridícula."

"Eu vou pro quarto e tu olha aqui na sala."

"Será que não vão suspeitar da gente?"

"Claro que não."

"Ah, é? E as impressões digitais?"

"É só dizer que a gente tava procurando algum contato, uma agenda, sei lá."

"Não tô gostando nada disso."

"Vai, procura, mulher."

"Tu não tem vergonha de roubar a grana de um morto?"

"Eu já te expliquei, vão fazer uma limpa nesse apê e levar o dinheiro de qualquer jeito. O que que tu prefere?"

"Não sei, tô confusa."

"Vem cá, me dá um abraço. Isso, isso. Vai ficar tudo bem, confia em mim, tá bom?"

"Tá, mas eu vou pro quarto. Não quero ficar aqui na sala com o morto."

"Vai lá, então. E leva esse gato junto."

* * *

"Nada?"

"Achei essas notas numa gaveta, debaixo da roupa. Mais a grana que tinha na carteira e que tava no criado-mudo."

"Eu não consegui achar porra nenhuma. Quer dizer, só essa agenda na gaveta da escrivaninha."

"Se o velho tinha algum dinheiro, não tá aqui."

"Bom, mas com isso vou te levar pra jantar num lugar bacana hoje. Agora vamos avisar alguém e depois cair fora daqui. Ele já tá começando a feder."

"Espera."

"Que foi, mulher?"

"Essa situação toda me deixou muito tensa."
"Então vamos pra casa descansar um pouco."
"Não."
"Como assim, não?"
"É que tá me dando uma ideia."
"Ideia?"
"Sim. Tu não tem as tuas fantasias? Pelas coisas que tu escreve, tu tem muitas."
"Onde tu quer chegar, mulher?"
"E se a gente trepasse bem aqui, na cama do morto?"
"Tu pirou de vez."
"Ah, vai. Tô precisando tanto."
"Tu tá precisando é botar juízo nessa cachola."
"Olha só quem fala. O homem que tá levando a grana do morto pra casa."
"Impressionante."
"O quê?"
"Tu só pensa em putaria mesmo."
"Ah, vai me dizer que não ficou com vontade?"
"Não sei, não."
"Vem cá, deixa eu te relaxar, meu escritorzinho."
"Espera."
"O que foi?"
"Tira esse gato nojento daqui."
"Tá bom, mas não fala assim com ele. Vai pra sala, Hugo. Fica lá com o teu dono."
"Hugo?"
"Sim. Acabei de inventar. De Victor Hugo. Tu não gosta dele?"

"Mas tu não presta mesmo."
"Então me pune."
"Vem aqui que eu vou te dar um trato."
"Vai, é? Quero só ver."

NEVE E MORMAÇO

Quando o elevador se abriu, ele me esperava na entrada do apartamento, as mãos nas costas, um sorriso sem muita vontade, os olhos perdidos no corredor iluminado. Fazia meio ano que eu não via meu pai. Havia sido um semestre conturbado, em que tentei, inutilmente, salvar meu próprio casamento. Ele estava sem camisa e, na mesma hora, reparei que engordara nesse meio-tempo. Nos abraçamos com força, mas sem demora, antes de entrar.

"Sei que te prometi uma janta, mas essa semana tá um caos e não deu pra fazer", foi logo se desculpando.

Caos era aquele apartamento: vaso de planta, livros, roupas, prato, copo, tudo espalhado pelo chão.

"Sem problemas, pai. A gente come qualquer coisa", disse enquanto desviava os olhos para a mesa e via a caixa de pizza e uma pilha de guardanapos.

Estávamos no verão e, mesmo no décimo quarto andar daquele prédio da Floresta, não batia vento algum na noite porto-alegrense.

"E como tá Floripa?", perguntou-me enquanto se servia de um pedaço de pizza. "Só tu mesmo pra vir pra cá em janeiro."

"Pois é, mas tava devendo uma visita pra vocês, e só consegui aparecer agora, depois das aulas."

Eu era professor na Federal de lá.

"E como tá a tua mãe?"

"Tá bem." E logo me dei conta que a resposta-padrão não era a mais adequada para o momento. Ao sentarmos, completei: "Quer dizer, tá ainda tentando se acostumar com tudo."

Ele ficou quieto. Mastigava seu pedaço e olhava a televisão. Estava passando um jogo de futebol no meio da neve. A bola era laranja para diferenciar do campo coberto de gelo. Os jogadores faziam um esforço enorme a fim de ficar de pé. Talvez estivéssemos melhor, mesmo no mormaço de Porto Alegre. Onde era aquilo? Na Sibéria, no Alasca, na Lapônia? Quem joga bola nesses lugares? E quem assiste a essas partidas? Fui ao banheiro. Não tinha sabonete nem toalha. Voltei esfregando as mãos na calça. Pelo visto, meu pai não andava recebendo visitas femininas nos últimos tempos.

A tevê sempre foi um elo entre nós. Quando fiquei maior e comecei a entender certas coisas, meu pai conversava sobre assuntos importantes vendo o noticiário, o futebol, a novela. Assim evitávamos, sem culpa, a troca de olhares. Naturalmente, com o tempo passei a fazer o mesmo. Tal pai, tal filho, como dizem. Se tinha pego recuperação, brigado na escola, deixado de comprar pão na venda ou descumprido algum horário, estes eram os momentos para me explicar. De vez em quando – como agora – nossos olhares se cruzavam por breves instantes, mas, como num acordo tácito entre cavalheiros, logo os desviávamos de volta para a tela ou para qualquer outro lugar. Era assim há uns trinta anos, por que haveria de mudar? Aquilo era o que se chamava tradição.

Ele tentava me contar, por cima da voz entusiasmada do locutor, seu lado da história. Minha mãe tinha saído de casa. Eu procurava não acirrar os ânimos e nem ficar do lado de um ou outro, mas meu pai é quem tinha pisado na bola.

"Será que um dia ela vai me perdoar?", queria saber, e virava o rosto para mim enquanto eu não estava olhando para ele.

"Calma, pai, dá um tempo pra ela, deixa as coisas se acomodarem."

"Mas já faz seis meses."

Levantou-se e foi buscar um vinho na adega. Se tinha uma coisa que ele sabia fazer, era comprar vinho. E o chileno que ele abriu não fugia à regra. Uma garrafa daquelas devia custar o preço de uma faxina completa no apartamento, pensei.

"Bem que ela podia me dar uma segunda chance", completou.

O problema era que a última traição não havia sido a única. Bem longe disso, na verdade. Eu não era nenhum santo, mas transar com a amiga de minha mãe na cama deles, enquanto ela viajava a trabalho (quisera fazer uma surpresa e antecipara a volta em um dia) não tinha desculpa. Ele falava, vendo o jogo, e eu às vezes me pegava olhando para sua meia cara, minha cabeça levemente inclinada para a direita, tal qual minha mãe. A genética é implacável.

"E os amigos, pai?", perguntei no intuito de tentar animá-lo. "Tu nunca mais saiu com o Teco e o Borges?"

"O Teco voltou com a mulher e, como eu já tive um rolo com ela, perdi o contato."

"Tu não deixa passar uma, hein?"

Alguns segundos depois, saiu um gol na partida. Era gente escorregando de tudo que era jeito na grande área, até que alguém botou a bola na rede. Isso nos deixou um instante calados.

"E o Borges é muito chato", retomou ele. "Só quer me levar no Hipódromo, vive falando de corrida de cavalo. Não dá pra aguentar."

"Mas me lembro que tu gostava de ir lá. Até levava a mãe no Prêmio Bento Gonçalves, quando tinha aquele concurso do chapéu feminino mais bonito."

"Gostava. Não gosto mais."

E voltou a se fechar em seu mundo de futebol, vinho e pizza, a expressão contrariada como um garoto birrento. Tentei outra cartada.

"A mãe foi no Chipp's esses dias com as amigas."

Ele, no entanto, seguiu calado, encolhido em sua cadeira, fingindo prestar atenção na bola laranja indo de um lado para o outro do campo nevado. Mas sabia que aquilo penetrava-lhe a carne como um vento gelado.

"Tu sabe se ela tá com alguém?", limitou-se a perguntar.

"Que eu saiba, não. E acho que nem quer."

Trocamos um rápido olhar. Apesar de estar um pouco gordo, ele ainda era um homem bonito. Poderia com certeza achar uma companhia para passar os últimos anos, para viajar por aí, para dar um jeito naquela bagunça toda. Mas, pelo rumo das coisas, não era esse o cenário mais provável. E na mesma hora imaginei-o morrendo sozinho, como um cão numa sarjeta. Fui à cozinha buscar um pouco de água e reparei na montanha de louça na pia. Parecia equilibrar-se por uma ordem ou vontade divina. Qualquer movimento, ou até mesmo um suspiro, era capaz de desmoronar tudo.

Ainda conversamos um pouco mais enquanto vinte e dois valentes jogadores corriam para ganhar a vida no gelo polar. Ele me falou que estava com saudades de Melissa, minha filha, e pediu para eu trazê-la da próxima vez. Sobre Lúcia, minha (agora) ex-mulher, não fez nenhum comentário. Os dois nunca se deram muito bem; ela dizia que meu pai era um péssimo exemplo para mim e, consequentemente, para Melissa. Podia ter dito que tinha me separado, com certeza ele ia gostar de saber. "Isso, meu filho, tá na hora de virar a página", imaginei suas palavras de incentivo. Ele virou a página (ou melhor, alguém a virou para ele), e olhe no que deu.

Quando nos levantamos, sincronizado com a gente, como se estivéssemos em um filme, entrou um vento pela janela e espalhou boa parte dos guardanapos pela mesa, pelo chão. Mas aquilo não era um filme; era meu próprio pai catando os guardanapos: agachado, pesado, indefeso, solitário.

Será que, agora que estávamos no mesmo barco, a genética me apontaria um destino semelhante ao dele? Será que éramos dois fracassados, incapazes de viver sem uma mãe, uma esposa, uma filha que dissessem que pizza não era a melhor dieta, que a louça devia ser lavada, que era sempre bom ter uma toalha no banheiro, que a gente uma hora precisava tirar as coisas que espalháramos pelo caminho? Alguém que, quando estivéssemos pescando na frente da tevê, viesse cochichar palavras de conforto, amparar-nos na hora de ir para a cama? Será que eu vou ser incapaz de olhar para minha filha no dia em que ela vier se queixar dos homens (se ela tiver confiança suficiente em mim) porque um rapaz partiu seu coração? Pensei em tudo aquilo enquanto deixava o apartamento.

A espera do elevador foi sempre difícil para mim. Para ele devia ser também. Aquele tempo que levava para subir os catorze andares parecia uma eternidade. Meus olhos iam dos números crescentes para o chão e de volta aos números.

"Fala com a tua mãe. Ela te escuta", pediu-me desde a porta.

"Pode deixar."

"E traz a minha neta da próxima vez."

"Elas foram visitar os pais da Lúcia no interior", menti.

"A guria é tua filha também. Não faz todos os caprichos da tua mulher que ela acaba montando em cima de ti."

"Tu fala como se tivesse muito bem pra me dar conselho", desabafei.

Meu pai baixou os olhos e fechou a porta antes do elevador chegar.

O VERÃO E RAQUEL

"Preciso da tua ajuda", disse ele para a irmã. Havia uma certa aflição em sua voz.

Então o garoto explicou, ofegante, ansioso, atrapalhado, do que se tratava.

"Quer dizer que o mano tá gostando da vizinha da frente?", zombou a irmã. Mas logo depois fez uma cara séria e disse: "Tá bom, eu descubro o nome e o signo dela, mas tu vai ter que me pagar sorvete todos os dias o verão inteiro."

"E quanto tempo vai durar o verão aqui na praia?"

"Um mês."

"Eu não tenho esse dinheiro todo", disse, e baixou a cabeça.

"Tá, pode ser por uma semana."

Ele pensou e, um instante depois, respondeu: "Sim, eu topo."

A casa da frente era uma construção antiga, de madeira. Porém, na temporada passada, fora toda reformada. O garoto concluiu que a família recém-instalada havia comprado o local. E nessa família, das duas meninas, uma em especial lhe chamou a atenção. Era linda, graciosa no andar, mas o que mais o encantava era o cabelo castanho-claro, comprido e ondulado. E logo vinham as agulhadas que não paravam de picá-lo pelo corpo todo. Então isso é se apaixonar, pensava. Sentia-se completamente fascinado por ela. Observava-a a todo instante e, com rigor e energia, chegava inclusive a anotar seus horários: a ida à praia, o banho de sol e de mangueira no jardim à tarde, as compras no armazém antes do jantar.

A irmã voltou com novidades.

"Descobri tudo o que tu queria saber."

"E como tu falou com ela?"

"Ora, bolas, como todo mundo faz. Cheguei lá e fiz um monte de pergunta. Tu que é muito medroso mesmo."

"Tá, e qual é o nome dela?"

"Raquel."

"E o signo?"

"Ela é de Peixes que nem tu."

"Sério?"

"Não, tô brincando. Ela é de Escorpião." A irmã disse isso fazendo uma espécie de garra com as mãos. "Tá, agora eu quero o meu sorvete."

* * *

Passou-se o tempo, foram-se as semanas, e o garoto seguia contemplando sua vizinha. Apesar de serem ambos muito jovens, ele notou nela um ar de seriedade, de concentração, como se Raquel não fosse o tipo de pessoa que perde tempo com bobagens. Sentia-se pequeno diante dela. Tímido, mirrado, sem graça, ele jamais a conquistaria. E nem ao menos com palavras. Porque, apesar de escrever de vez em quando, não se via capaz de fazer um poema. Tentara uma noite, mas as palavras só trincavam uma contra a outra, e ele não avançava. A empreitada não passou de umas poucas linhas nada promissoras. Amava o cabelo dela, os olhos azuis, vivos e intensos, a boca tão desejada. Nunca tinha beijado ninguém, e imaginou que, com Raquel, seria o começo perfeito.

No último dia, o garoto decidiu vencer o terrível medo que sentia toda vez que se encantava pela beleza feminina. Tinha receio de fraquejar, de fracassar. Sabia que, na hora decisiva, as palavras não viriam, e ele faria tudo errado. Depois, teria que conviver com a frustração e o arrependimento. Era como o trovão diante do raio: sempre chegava atrasado, sempre perdia o tempo das coisas.

De qualquer forma, arrumou-se, passou no armazém, comprou uma caixa de bombons, voltou para casa e, dentro, pôs um pedaço de papel com uma única frase e, ao lado desta, cuidadosamente, fez o desenho de um peixe e um escorpião. Deixou tudo para o dia da partida porque não seria capaz de suportar a humilhação e o deboche de Raquel.

Enquanto atravessava a rua de paralelepípedos, não se importou com o fato do chão estar muito quente, nem das pedras machucarem seus pés. Tremia como um cachorro molhado, num misto de medo e excitação. Quem atendeu foi a própria Raquel; ele entregou rapidamente a caixa de bombons sem nem ao menos olhá-la nos olhos. Voltou ligeiro para casa, o coração aos saltos, o espírito ardendo para se esconder. Não virou uma única vez para trás.

Raquel fechou a porta somente quando ele desapareceu de sua vista. Abriu a caixa e, ansiosa, sem entender ainda o que estava se passando, leu a mensagem do bilhete: *Foi um verão maravilhoso*. Diante daquilo, ela não se importou mais que a caixa estivesse amassada e os bombons, derretidos.

Também escreveu, do outro lado do papel, uma frase, mas assim que chegou na calçada, percebeu que o carro estava carregado e que toda a família regressava para casa. O papel ficou numa das mãos. Com a outra, ainda teve tempo de acenar para ele, pela primeira e última vez.

Guilherme Giugliani é escritor, jornalista e tradutor. Seu livro de estreia, *Antes e depois do tempo* (Terceiro Selo, 2015), foi finalista do Prêmio da Associação Gaúcha de Escritores. Em 2020, lançou, também pela Libretos, *Nossos sonhos são os mesmos*. Possui mais de uma dezena de contos publicados em antologias e premiados tanto no Brasil quanto em Portugal. Em 2011, recebeu Menção Honrosa no Concurso Nacional de Contos Josué Guimarães (Passo Fundo). No ano seguinte, foi um dos autores agraciados com o Prêmio Sesc de Contos Machado de Assis (Brasília) e, em 2019, venceu o Concurso de Contos Mario Quintana na capital gaúcha. Atualmente reside em Porto Alegre.

GUILHERME GIUGLIANI

CONTO DE UM HOMEM SÓ

Livro composto em Seravek e P22 FLW
Exhibition, sobre papel Avena 80 gramas,
com 104 páginas, impresso pela gráfica
Pallotti, em maio de 2025.

Libretos
Rua Peri Machado, 222, bloco B, 707
Bairro Menino Deus, Porto Alegre
RS, Brasil
90130-130

www.libretos.com.br
libretos@libretos.com.br
@libretoseditora